Kaktusherz

Bibliografische Information der Deutschen Nationalbibliothek:
Die Deutsche Nationalbibliothek verzeichnet diese Publikation in der
Deutschen Nationalbibliografie; detaillierte bibliografische Daten sind im
Internet über dnb.dnb.de abrufbar.

Satz, Umschlaggestaltung, Herstellung und Verlag:
BoD – Books on Demand, Norderstedt
ISBN: 978-3-7568-9352-2

ADELHEID DÜNSER

Kaktusherz

*Mein Herz muß wandern, von einem Ort zum andern,
Immer wieder, immer wieder muß ich in die weite Welt hinaus,
es läßt mir einfach keine Ruh, muß ferne Länder bereisen, wie
Italien, Spanien, und auch die Dolomiten gar, mein Herz muß wandern,
von einem Ort zum andern.
Doch darf man nie vergessen, daß man auch eine Heimat hat, die einem
gibt, Kraft, Zuversicht, Ruhe und Geborgenheit, und uns von allen
Stürmen des Lebens befreit.*

Mein Herz muss wandern
von einem Ort zum andern.

Immer wieder, immer wieder
muss ich in die weite Welt hinaus.

Es lässt mir einfach keine Ruh,
muss ferne Länder bereisenwie Italien, Spanien
und auch die Dolomiten gar.

Mein Herz muss wandern von einem Ort zum andern.

Doch darf man nie vergessen,
dass man auch eine Heimat hat,
die einem gibt
Kraft, Zuversicht, Ruhe und Geborgenheit
und uns von allen Stürmen des Lebens befreit.

Gedicht von Rolf Kengelbach für Peter Keßner,
geschrieben im Herbst 2011

Rolf

Lebensgeschichten können spannend sein – oder so unscheinbar wie meine. Wären nicht Peter und Tanja eines Tages durch meine Wohnungstür getreten, hätte sich meine Geschichte in Luft aufgelöst. So leise, wie ich gelebt habe, so leise wäre ich gegangen. Das Schicksal wollte es anders. Und somit darf ich von meiner Existenz mitteilen.Türen spielten in meinem Leben eine große Rolle. Türen, die sich öffneten, und Türen, welche sich schlossen. Türen haben eben mehrere Funktionen. Eine Tür war ein Tor in die Freiheit oder sie war der Eingang zu einem Gefängnis. Sie konnte ein Schutzwall gegen die Außenwelt sein oder der Einlass in die Geborgenheit der eigenen kleinen Welt. Die Tür ist unschuldig. Sie zeigt immer ihre beste Seite, allein, der Mensch muss sie zu benutzen wissen. Und deshalb wurde die Tür dieser Wohnung eines Tages das größte Hindernis in meinem Alltag. Immer wieder ging mein Blick zu ihr, wenn ich in dem alten Ohrensessel meines Vaters saß. Aufstehen und hinausgehen. Wie einfach wäre das gewesen! Und wie schwer war es doch! Die Welt da draußen war irgendwann zu verwirrend, zu hektisch, zu unkontrollierbar für mich. Solange ich arbeiten ging, hatte ich durch die Tür hindurch gemusst. Da war sie kein Problem. Aber seit meiner Pensionierung blieb ich lieber hinter der Türe. Abwartend und beobachtend verweilte ich in meinen sicheren vier Wänden. Schützte mich vor zu engen Beziehungen, freundschaftlichen Abhängigkeiten und neugierigen Nachbarschaften. Bis mir die Dinge langsam entglitten.Obwohl, entglitten waren mir die Dinge schon vor langer Zeit. Vielleicht schon bei meiner Geburt, als sich über Europa die braunen Wolken zusammenzogen, auf den Straßen die Stiefel marschierten, die Leute das Geschrei eines starken Mannes bejubelten und schließlich der große Krieg begann. Zur gleichen Zeit entlockte mir das Leben das erste Lächeln, während es vielen anderen bereits im Halse stecken blieb. Als ich zu krabbeln anfing, krochen die Soldaten durch ihren ersten Kriegswinter und die Mutter holte sich Lebensmittelmarken.In Baden-Baden hielten die Menschen zuerst noch an ihren Gewohnheiten fest. Fuhren zur Kur und freuten sich über die Erfolge an der Front. Während des Fortschreitens des Mordens und Näherkommens des Grauens wuchsen meine Schwester und ich heran. Gemeinsam mit der Mutter zitterten wir um unser Leben, hungerten und bangten um den Vater. Selten wussten wir, wo er war. Die Briefe erreichten die Mutter immer erst verspätet, und ich kannte diesen Mann nur aus Erzählungen.In der vielen Zeit, die ich hatte, während ich auf meine Wohnzimmertüre starrte, zwischendurch meine Blicke über die Wände schweifen und das Muster der Tapete auf mich wirken ließ, erinnerte ich mich, wie ich, an die Hand der Mutter geklammert, durch die Fürstenfeldstraße geeilt war, als die französischen Panzer einfuhren. Der Boden zitterte und entlang der Häuserreihen wogte der Lärm der Kettenräder. Menschen rannten die Straße entlang und eilten in ihr vermeintlich sicheres Heim. Überall wurden schnell die Vorhänge zugezogen, und ein paar wenige Blicke versuchten, durch schmale Schlitze die bedrohliche Lage einzuschätzen. Die Mutter schleifte mich geradezu zurück nach Hause in die Ebersteinstraße, obwohl wir auf dem Weg zur Schule gewesen waren, um Susanne abzuholen. Sie musste sich an diesem Tage mit ihren zwölf Jahren ganz alleine durch das Chaos schlagen. Völlig verängstigt kam sie gegen Abend heim und begann zu weinen, als sie Mutter und Bruder sah. Die beiden Gestalten saßen auf dem Kanapee in eine Decke eingewickelt und schauten ihr ohne erkennbare Regung ins Gesicht. Ich, der immer eher langsam sprach und mit kurzer Zeitverzögerung, beobachtete die zitternden Lippen von Susanne. Ich erriet die Worte, welche die

Menschen meiner Umgebung von sich gaben, eher, anstatt sie zu hören. Dies war mir aber zu diesem Zeitpunkt nicht bewusst. Ich konnte von Susannes Lippen allerdings nicht viel mehr ablesen, als dass sie sehr vorwurfsvoll und wütend darüber, im Stich gelassen worden zu sein, bebten. Die Mutter entschuldigte sich nicht und versuchte auch nicht, Susanne zu trösten.»Was hätte ich machen sollen?«, fragte sie resigniert.»Wir haben bis jetzt überlebt, ich möchte, dass das so bleibt, bis der Vater wieder nach Hause kommt.«

Und der kam tatsächlich irgendwann aus der holländischen Kriegsgefangenschaft zurück. Ein unbekannter Mann war das, der da durch die Türe trat, zur Freude der Mutter und zum Erstaunen der Kinder. Und zum ersten Male stellte ich fest, welch große Rolle Türen in meinem Leben spielten. Oft veränderten sie meine Situationen und noch öfter ließen sie mich darin verharren.Die Heimkehr des Vaters änderte zunächst alles. Die Wohnung wurde zu klein. Der Vater duldete uns Kinder nicht im gemeinsamen Bett mit der Mutter. So mussten meine Schwester und ich von nun an im Wohnzimmer schlafen. Das Bad am Gang teilten wir uns mit französischen Besatzungssoldaten, die im Dachgeschoss wohnten. Nachdem der Vater eine Stelle bei der Sparkasse bekommen hatte, konnten wir in ein größeres Appartement ziehen, in der Nähe seines Arbeitsplatzes. Es war nicht nur ein Tapetenwechsel. Für mich war es vor allem ein Türenwechsel. Die billigen Fichtentüren in der alten Wohnung wurden durch schwere Eichentüren in der neuen ersetzt. Ich hatte ein Zimmer zusammen mit Susanne, die allerdings selten zu Hause war, da sie bereits eine weiterführende Schule besuchte, als ich erst eingeschult wurde. So hatte ich stundenlang Zeit, mit meinen Holzfiguren zu spielen und, auf die Türe starrend, zu warten, bis jemand zu mir ins Zimmer kam. Ich kannte jede Rille vom Türblatt, jedes Astauge, und die Maserungen zeichnete ich hin und wieder mit den Fingern nach. Dabei stellte ich mir den Baum vor, aus dem diese Türe geschnitten worden war. Vor meinem geistigen Auge tauchte der Wald auf, die mächtigen Stämme, Wurzeln, die über den Weg krochen, und das Gestrüpp an den Seiten. Hellgrüner Farn, stachelige Brombeerranken und allerlei Moose und Gebüsch.Sonntags machte die Familie manchmal einen Ausflug hinaus in die Natur. Da war ich glücklich. Ich roch gerne das erdige, vermodernde und morsche Holz. Aber ebenso liebte ich die frischen Gräser und Kräuter und den würzigen Duft frisch abgeschnittener Haselnussstecken. Manchmal, wenn ich meine Nase an der Türe rieb und mich so in meinen Phantasiewald versetzte, zogen feinste Küchendüfte durch das Schlüsselloch, wenn die Mutter einen Kuchen im Rohr hatte oder Pfannkuchen für uns hungrige Kinder backte. Da stand ich besonders gerne an der Türe, wartend, bis man mich rief.Dann saß die Familie um den Tisch, die Mutter servierte das Essen und bevor sich jeder etwas aus der Schüssel schöpfte, sprach der Vater das Gebet, in das sich alle der Reihe nach einfügten und es mit gefalteten Händen und hängendem Kopf mitsprachen. Kaum war das Kreuzzeichen beendet, langte der Vater kräftig in den Topf. Der Vater. Groß und hager und streng. In seinem schmalen Gesicht leuchteten die Augen manchmal besonders intensiv. Wenn er sich freute, aber auch wenn er sich ärgerte.Wenn ich an ihn denke, überkommt mich oft Wehmut, deshalb versuche ich, die Gedanken an ihn möglichst zur Seite zu schieben. Zu lebendig ist das Gefühl, ihm nicht gerecht geworden zu sein. Eine ständige Enttäuschung, wobei man doch nichts anderes wollte, als vom Vater geliebt und anerkannt zu werden. Und trotzdem fand man keinen Ausweg aus der Abhängigkeit zu ihm.Die meiste Zeit unseres Lebens lebten wir alle zusammen unter einem Dach. Die Schwester, weil sie irgendwann die Nerven nicht mehr hatte, aus der Tür zu treten und einer Arbeit nachzugehen, und ich, weil alle meine Träume, selbstständig zu werden, nur Luftschlösser waren.

Ob mir meine Nerven Streiche spielten oder meine Schwerhörigkeit, ich kann es nicht mit Bestimmtheit sagen. In der Schule verhielt ich mich möglichst unauffällig und trainierte und verfeinerte meine Fertigkeit im Lippenlesen. Den Eltern fiel lange nicht auf, dass ich nicht richtig hörte. So genau konnte ich von der Sprache ihrer Körper ablesen, was gerade vor sich ging. Und wenn Susanne streiten wollte, dann entzifferte ich jedes Schimpfwort eher an ihren Lippenbewegungen, als dass ich es hörte. Außer wenn sie besonders laut schrie. Dann konnte ich auch auf normalem Wege hören, wie ihre Stimme mein Außenohr erreichte, der schrille Ton ins Mittelohr weitergeleitet wurde, der Schall durch die Bewegung des Trommelfells sich erhöhte und im Innenohr in Nervenimpulse umgesetzt wurde. Diese Impulse leiteten ins Gehirn weiter, was Susanne sagte, was ich aber oft trotzdem nicht verstehen konnte. Weniger des Hörens, sondern des Vorwurfes wegen.»Warum grüßt du die Kuh?«, fragte Susanne mich regelmäßig.

Die Kuh konnte die Nachbarin sein, die Verkäuferin im Supermarkt, die Spaziergängerin im Kurpark oder die Frau am Nebentisch im Kaffeehaus.

»Weil sie mich angeschaut hat, Susi«, versuchte ich, mich zu rechtfertigen.

»Dich angeschaut«, äffte die Schwester. »Davon träumst du wohl noch immer, dass dich eine anschaut! Gar nicht schaut sie. Daneben, vorbei, als ob ich Luft wäre, oder du!«

Susanne konnte es gar nicht leiden, wenn sie sich nicht beachtet fühlte. Und das kam leider ziemlich häufig vor. Da sie meistens daheim herumhockte, war sie in der Stadt auch nicht bekannt.Wenn ich eine Zeitung durchblättere, die jemand im Hof auf einer Bank liegen ließ, oder ich an meinem Sekretär sitze und meine Post durchsehe, muss ich an sie denken. Das alte Möbelstück teilten wir uns früher lange Zeit. Die linke Seite benutzte ich als Ablage, die rechte Seite Susanne. Der aus Akazienholz gefertigte Sekretär stand im Wohnzimmer. Groß und massiv, in dunklem Braun mit Messinggriffen. Auf Susannes Seite lagen fein aufgestapelt Zeitschriften und Ansichtskarten. Eine Vase, die sie stets mit Blumen füllte, eine kleine Engelsfigur und das Bild der Großeltern mütterlicherseits, darauf waren Großmutter Ilse und Großvater Robert Emil zu sehen. Auf meiner Seite standen ein Globus und das Bild der Großeltern väterlicherseits, Opa Karl Ludwig und Oma Rosa Franziska. Von ihnen hatten wir unsere Zweitnamen. Susanne Marierosa und Rolf Emil Karl hießen wir vollständig. Namen wurden in unserer Familie gerne weitergegeben.

Unter der aktuellen Tageszeitung, die der Vater am Abend auf den Sekretär legte, lag ein Atlas, in dem ich gerne blätterte und in meiner Phantasie ferne Länder und Städte besuchte. Dann träumte ich von Rio und Peking, von Australien und der Mongolei, von den Pyramiden in Ägypten und von New York. Die Erde war riesig, doch meine Welt blieb klein.Die Vase und der Engel sind verschwunden, die Bilder der Großeltern wurden durch ein Bild der Eltern ersetzt. Der Globus ist von links nach rechts gewandert. Trotzdem spürte ich noch lange die Präsenz von Susanne. Und vor allem fühlte ich die Kränkungen, die sie im Leben ertragen musste, wenn sie sich übergangen vorkam. Davon wurde sie regelrecht verfolgt und sie verdächtigte jeden, der ihr nur irgendwie in die Quere kam. Sie verlangte von uns die Bestätigung ihrer Wahrnehmungen. Es gelang nicht immer. Meistens wurden ihre Ausbrüche ignoriert, zu gewöhnt war man schon daran. Man fand Entschuldigungen, Ausreden und Beschwichtigungen. Den Eltern war es wichtig, schnell wieder Frieden herzustellen. Und ich lernte von ihnen.

Susanne hatte eigentlich ein adrettes Aussehen und auch ein vornehmes Auftreten. Beides hatte sie von der Mutter geerbt. Die kernige, kräftige Figur, dazu die schwarzen, lockigen Haare und die dunklen, leuchtenden Augen zogen manchen Männerblick auf sie. Gerne hätte sie zurückgezwinkert, allerdings kam ihr immer wieder das aufbrausende Temperament dazwischen und dazu die geringe Belastbarkeit. Die kleinste gefühlte Zurückweisung wuchs sich bei Susanne zu einer Lawine an empfundener Beleidigung aus.das Fass vollends zum Überlaufen brachte wohl ein gewisser Herr Ralf Puchwein aus Heidelberg. Den hatte Susanne ebendort kennengelernt, als sie das Englische Institut besuchte, um ihre Englisch- und Französischkenntnisse zu vervollständigen. Während dieser Zeit wohnte sie bei der Witwe Hermann. Dort hatte sie es gut getroffen. In deren Hinterhaus bekam sie das Zimmer neben einem Medizinstudenten, der sich auf Augenheilkunde spezialisierte. Ihren Ralf Puchwein traf sie in dem Café, in welchem er als Konditor arbeitete.das war eine schöne Zeit für die ganze Familie, mit der verliebten Susanne.»Vati, schau, was Ralf mir geschenkt hat«, strahlte sie an manchem Wochenende stolz, welches sie zu Hause verbrachte, und zeigte Blumensträuße oder süße Leckerbissen, welche er selbst gebacken hatte. Mutter träumte bereits von Verlobung und der Auflösung ihrer Sorgen. Aber auf einen Ring warteten die Damen vergeblich. Einmal stellte sich der feine Herr der Familie vor. Es war Kostümball im Kurhaus Baden-Baden. Da holte er galant seine als Zauberin verkleidete Verehrerin ab. Selbst war er gekonnt herausgeputzt als Pirat.»Gestatten, Ralf Puchwein aus Heidelberg«, stellte er sich bei unserem Vater mit einer Verbeugung vor. Mutti begrüßte er mit Handkuss. Die Eltern waren angenehm berührt und so gaben sie ihm ihre Tochter voller Vertrauen und Hoffnungen mit auf den Ball. Leider stellten sich diese als zu früh heraus. Herr Puchwein brachte Susanne zwar zuverlässig wieder nach Hause, doch dann ließ er nie wieder etwas von sich hören. Er verschwand sogar aus Heidelberg. Gerüchten zufolge verlor sich seine Spur im Café Kranzler in Frankfurt.»Wahrscheinlich war es ein Heiratsschwindler«, mutmaßte der Vater. »Hast du ihm Geld gegeben, Susi?«Wir fanden es nicht heraus. Susanne schwieg darüber und starrte grimmig vor sich hin, ohne jemals darüber Auskunft zu geben.Susannes Leidensgeschichte wurde zur Leidensgeschichte der ganzen Familie. Diese Demütigung wegzustecken ging über die Kräfte der Frauen. Wenn Susanne auf dem Kanapee saß und ihr die Tränen über das Gesicht rannen, musste auch die Mutter weinen. Wenn die Mutter weinte, verspürte ich den großen Drang, sie zu trösten. Der Vater ignorierte grimmig die traurige Stimmung zu Hause. Er begann, immer öfter seine Wochenenden am Bodensee zu verbringen. Alleine. Die Trauergesellschaft wollte er nicht dabeihaben. Also musste ich stundenlang mit Susanne Streitpatience legen, um sie abzulenken. Dabei ließ ich große Vorsicht walten, damit sie oft genug gewann, ansonsten hätte man die nächste Katastrophe ausgelöst.Wieder und wieder durchlebe ich diese Szenen, wenn ich so durch den Tag wandele und wenig Ablenkung habe. Besonders seit sich der Fernseher nicht mehr einschalten lässt. Eines Tages machte er einen kurzen Zisch und fertig war es mit der kurzweiligen Unterhaltung. Einen neuen konnte ich mir nicht kaufen. Einerseits hatte ich kein Geld und andererseits, wie sollte ich ihn transportieren? So verbrachte ich die meisten Tage bis zum Kennenlernen von Tanja und Peter in meinem geerbten, abgewetzten Ohrensessel mit Mutters Streublumenkanne voll Kaffee neben mir, den ich auch kalt gerne trank, und streifte in meinen Gedanken immer wieder durch mein vergangenes Leben und das meiner Familie.»Vati, ich habe die Kündigung bekommen«, kam Susanne eines Tages von der Arbeit nach Hause. »Nur noch bis zum Monatsende kann ich arbeiten«, berichtete sie geknickt. Ihre Stellungen wechselte sie alle drei Jahre, entweder hielt sie es dort nicht mehr aus oder man hielt es mit ihr nicht mehr aus. Das gab sie natürlich kaum zu. Man konnte es aber aus ihren Erzählungen erraten. Der Vater, der anfangs darüber schimpfte, resignierte schließlich und fand sich damit ab. Je mehr Druck er aufgebaut hatte, desto empfindsamer reagierte Susanne. Die Stelle in dem Einkaufskontor am Leopoldsplatz gefiel ihr endlich, denn der Chef, ein gewisser Herr Dr. von Mittelstaedt, war sehr nachsichtig und behutsam mit ihr. Leider schied er aus Altersgründen aus der Firma aus und der neue Chef trieb das Unternehmen in den Ruin. Das war natürlich doppelt bitter.Jeden Tag beim Frühstück wurden ab nun zuerst die Stelleninserate studiert. Im Kloster zum Heiligen Grab wurde eine Schulsekretärin gesucht. Die ideale Stelle für Susanne. Am Tage des Vorstellungsgespräches war sie aufgeregt und nervös, aber auch voller Vorfreude. Sie putzte sich tadellos heraus, bat um festes Daumendrücken und machte sich mit dem Fahrrad auf den Weg zum Kloster. Der Personalchef sprach sehr angetan mit ihr und fröhlich setzte sie sich wieder auf ihr Rad und pedalte zurück.»Vati, Mutti, Rolf!«, rief sie überdreht. »Ich glaube, ich habe die Stelle!«Gemeinsam führten wir ein Freudentänzchen auf, sodass der Küchentisch ordentlich ins Wanken kam und mit ihm das Mittagsgeschirr, welches noch darauf stand und wartete, bis es von Susanne abgewaschen wurde. Naserümpfend stellte sie sich nach unseren Gratulationen an die Spüle, ließ das Wasser einlaufen und begann mit dem Abwasch.»Das ist das Gute, wenn ich wieder arbeiten gehe«, knurrte sie mich an, »dann kann das wieder jemand anderer machen.« Dieser Jemand war die Mutter. Sie genoss es, wenn sie in Susanne Hilfe hatte, da sie sich oft nicht wohlfühlte. Kochen bereitete ihr weniger Probleme, aber nach dem Essen wurde sie schnell müde und legte sich auf das Kanapee, um die Mittagspause neben dem Vater zu verbringen, dem zwei Stunden vergönnt waren, zu essen und sich zu erholen, bevor er sich wieder auf den Weg zur Bank machte, um das Geld der wohlhabenden Baden-Badener Gesellschaft zu verwalten. Manchmal durchzuckte ihn der Neid, wenn er die Zahlen sah, mit welchen diese Leute jonglieren konnten. Sich Häuser bauen ließen, Wohnungen und Apartments in den besten Gegenden kauften oder sich die schnittigsten Automobile anschafften, die es am Markt gab. Da konnte er nicht mithalten. Nicht als Alleinverdiener, der auch noch seine erwachsenen Kinder miterhalten musste.Kurz nach dem Vorstellungsgespräch kam die Absage für Susanne. Man hatte sich für die andere Dame entschieden, welche mit ihr in die engere Auswahl gekommen war. Dies war der nächste Tiefschlag für Susanne nach dem Verschwinden des Herrn Puchwein und davon sollte sie sich nicht mehr erholen. Nie wieder ging sie zu einem Vorstellungsgespräch und nie wieder trat sie eine Stellung an. Unser Vater Karl Ludwig übernahm ihre finanziellen Verpflichtungen. Er ahnte früh, dass dies so bleiben würde. So wie er realisierte, dass Susanne wohl nie eine gewisse Selbstständigkeit erreichen würde, sah er mich heranwachsen und entdeckte auch bei mir enttäuschende Schwachstellen. Neben der Schwerhörigkeit hatte ich wie Susanne meine Empfindlichkeiten. Ich konnte es nicht leiden, wenn man mich barsch anfuhr. Auch wenn die Laute sehr gedämpft in meinen Gehörgang drangen, so erkannte ich doch an der Körperhaltung, was vor sich ging. Der Vater versuchte, mich bei der Sparkasse unterzubringen. Man nahm mich zur Probe, aber aus dem angestrebten Lehrvertrag wurde nichts. Schließlich durfte ich Akten einsortieren, Post zwischen den Filialen und den Schaltern hin und her tragen, Adressen aufkleben, Dokumente stempeln und was sonst noch so an Arbeiten anfiel, für die man keine besonderen Begabungen vorweisen musste. Ich spürte, wie man sich hinter meinem Rücken lustig machte und wie Vati sich hin und wieder für mich schämte. Er versuchte, mich anzuspornen, in der Freizeit das Bankwesen zu lernen. Das deckte sich gar nicht mit meinen Vorstellungen von einem erfüllten Berufsleben. Was ich mir genau vorstellte, konnte ich aber nicht sagen. Vor der Bank hatte ich kurz bei einem Bäcker gearbeitet, allerdings war diese Arbeit körperlich zu anstrengend. Das frühe Aufstehen, Herumschleppen der Mehlsäcke und Kneten der Teige überstieg meine Kräfte bei Weitem. So kam Vater auf die Idee mit der Bank, obwohl er eigentlich wissen musste, dass auch dies nicht in meiner Begabung lag. Aber die Hoffnung, dass aus seinem Sohn etwas Ordentliches würde, war wohl größer.

Es war mein Verhängnis, dass ich der Sohn des Kassierers war und deshalb offiziell irgendwie unter Schutz stand. Man schikanierte mich wohl auf Grund dessen hinter seinem Rücken. Manchmal gab man mir falsche Aufträge und wenn ich diese dementsprechend ausführte, gab es peinliche Belehrungen. Selten konnte ich beweisen, dass man mich aufs Glatteis geführt hatte, und wurde dafür ausgelacht. Oder man tuschelte in meinem Beisein, da man ja wusste, dass ich nicht gut hören konnte, was mich tief kränkte. Aber ich bemühte mich weiterhin, alles zur Zufriedenheit aller auszuführen, besonders des Vaters. Und doch litt ich sehr unter diesem lauernden, mitleidlosen Testen meiner Grenzen. Bis der Tag kam, an dem ich nicht mehr konnte.

»Kengelbach!«, schallte es durch die Schalterhalle. Mein Vater war an diesem Tage nicht anwesend, da er auf Schulung in Freiburg war. Also blieb nur ich übrig, der mit diesem barschen Ausruf gemeint sein konnte. Was auch daran zu erkennen war, dass dem »Kengelbach« der »Herr« fehlte. »Wo haben Sie die Akten von Herrn Freimüller hingeräumt?«

Herr Fuchs, der besonders boshaft sein konnte, wenn er einen schlechten Tag hatte, stand in seiner Bürotür, die Brille vorne an der Nasenspitze, damit er über dem Gestell die Halle mit seinen trüben Augen absuchen konnte. Ich hatte soeben der Kassiererin die Wechselscheine gebracht und blickte zu Herrn Fuchs hinüber.

»Kengelbach, haben Sie gehört, ich brauche die Akten von Freimüller!«, brüllte dieser nochmals. Ich schluckte diese Aufforderung mit einem heißen Aufwallen meines Blutes runter. Die Tonlage hatte mich in Aufruhr versetzt und ich begann zu zittern. Schon seit einer Weile konnte ich die Befehle von Herrn Fuchs kaum mehr ertragen. Dazu das bedauernde Grinsen von Fräulein Schneider, welche mir die Wechselscheine aus der Hand riss. »Schauen Sie halt im Keller nach, Herr Kengelbach«, meldete sich der Kreditsachbearbeiter Huber. Es war mein Pech, dass in diesen Minuten keine Kunden im Schalterraum standen.»Also bitte, holen Sie jetzt die verdammten Akten«, ließ sich Herr Fuchs wieder vernehmen, nachdem ich mich nicht sofort in Bewegung gesetzt hatte. Angestachelt von meiner Wut, die trotz des harten Schluckes von vorhin weiter in mir brodelte, stapfte ich die Stufen in den Keller hinunter und schimpfte vor mich hin. Vor allem schimpfte ich mit mir selbst, weil ich mir diese Behandlung gefallen ließ und mich nicht endlich zur Wehr setzte. Diese Hilflosigkeit führte dazu, dass ich jeden Morgen, wenn ich zur Arbeit musste, Magenschmerzen bekam. Und Vati wollte ich mich nicht anvertrauen, da ich in seinen Augen immer wieder sehen konnte, wie peinlich ihm meine Schwächen waren.Die Mutter war auch keine Stütze. Sie riet mir durchzuhalten, wenn ich mich in besonders verzweifelten Stunden an sie wandte. Diese Bürde sollte der Vater nicht auch noch übernehmen müssen, ängstigte sie sich. Aber durchhalten, bis wann? Bis in alle Ewigkeit? Bis ein anderer kam, den man statt mir schikanierte? Bis neue Angestellte kamen? Bis Vater von selbst dahinterkam, wie man mit mir umsprang?

Während ich die Akten suchte, stellte ich mir diese Fragen. Der dunkle, staubige Keller belastete mich zusätzlich. Eigentlich war es ja ein wunderschöner Raum mit einem Kreuzgewölbe und sichtbaren Ziegelsteinen. Einzig die modernen Stellagen verschandelten diese Architektur. Meine Nerven waren schon zum Zerreißen gespannt und dies steigerte sich noch, als ich die Akten nicht und nicht fand. Schon zum fünften Mal suchte ich die Regale ab. Eigentlich waren sie ja alphabetisch geordnet, aber vielleicht hatte ich sie aus Versehen woanders hingestellt. Nachdem mir klar geworden war, dass sie nicht zu finden waren, machte ich mich auf den Rückweg in die Schalterhalle. Als ich die letzte aus dem Keller heraufführende Stufe erreichte und langsam die Tür öffnete, hörte ich Herrn Fuchs laut lachen.»Und falls er heute noch hier auftaucht aus der Kellergruft da unten, jage ich ihn nochmals hinunter. Bis dann habe ich die Akte schon durchgearbeitet und er kann sie morgen einordnen.«

Herr Huber und Fräulein Schneider lachten mit. Inzwischen war Schalterschluss und jetzt wussten die drei, dass sie bei ihren lächerlichen Spielen nicht mehr von Kundschaft gestört wurden. Bei mir riss eine Schnur. Dieser feine Herr jagte mich garantiert nirgends mehr wie einen Hund umher. Ich stürmte an Herrn Fuchs vorbei in dessen Büro, schnappte die Akten, die Briefe, Dokumente, Schreibutensilien, kurz alles, was sich auf dessen Schreibtisch befand, und schleuderte die Sachen an die Wand und auf den Boden. Dazu schrie ich aus Leibeskräften meine Wut heraus und beschimpfte die drei Sparkassenangestellten auf das Wüsteste. Ich fuhr ihnen ordentlich in die Parade, sodass ihnen das Lachen im Halse stecken blieb. Hilflos sahen sie der Raserei zu und wussten nicht, wie sie dieser Einhalt gebieten sollten. Fräulein Schneider kam schließlich auf die Idee, den Direktor anzurufen, welcher im Eiltempo aus dem dritten Stock herunterkam.»Herr Kengelbach, Herr Kengelbach«, trat er beschwichtigend auf mich zu. Ich erkannte ihn zum Glück noch, bevor ich den Locher, welcher sich in meiner Hand befand, nach ihm werfen konnte. Daraufhin fing ich an zu schluchzen. Meine ganze Wut brach in Verzweiflung zusammen.»Na, na, Herr Kengelbach«, versuchte Direktor Götz, mich zu beruhigen, und nahm mich an der Schulter. »Ich bringe ihn jetzt nach Hause«, sagte er zu den anderen. »Und wenn ich wiederkomme, erklären Sie mir ausführlich, was hier passiert ist.« Die drei nickten verschreckt.In seinem Arm untergehakt, machte ich ein paar unsichere Schritte und dann waren wir auf dem Weg zu seinem Auto. Trotz der kurzen Strecke fuhr er mich nach Hause. Wohl um danach umso schneller wieder in der Bank zu sein.

Die Mutter fiel natürlich aus allen Wolken, als sie die Wohnungstür öffnete. Sie sah von meiner schluchzenden Gestalt zum Direktor und wieder zurück und konnte die Situation nicht einordnen.»Ich bringe Ihnen Ihren Sohn, Frau Kengelbach«, sagte Direktor Götz bestimmt. »Es gab einen Vorfall in der Bank. Am besten besprechen Sie das mit ihm und Ihrem Mann. Ich muss sofort wieder zurück!«

Mutti nahm mich in Empfang und brachte mich gemeinsam mit Susanne in mein Zimmer.»Mach Tee, Susi!«, befahl die Mutter. Sie zog am Anzugärmel, als ich keine Anstalten machte, mich zu entkleiden. Auch das Hemd knöpfte sie mir auf und stülpte das Pyjamaoberteil über meinen Kopf, wie sie es früher gemacht hatte, als ich noch ein kleiner Junge war.»Die Hose ziehst du aber selbst aus«, sagte sie finster und ging in die Küche. Der Teekessel vibrierte leicht auf der Gasplatte und im Sieb lag lose der Kamillentee. Ausgerechnet Kamillentee!»Ach Susi«, seufzte die Mutter. »Kamillentee kann Rolfi doch nicht ausstehen«.

Diese schaute sie mit großen Augen an. Man sah den Schrecken darin, welcher sie bei meinem Auftauchen durchfahren hatte, so erzählte es mir die Mutter später.

»Gib mir den Melissentee raus.« Mutti tauschte die beiden intensiv riechenden Teesorten aus und goss das kochende Wasser darüber, nachdem der Kessel zu singen begonnen hatte. Auf dem blaugeblümten Tablett trug sie die Kanne, eine Tasse und eine Schüssel Honig zu mir ins Zimmer. Dort lag ich unter dem großen Federbett und rührte mich nicht.»So, Junge, jetzt trinkst du mal den Tee und dann warten wir, bis Vati nach Hause kommt. Spätestens um acht müsste er hier sein, wenn er den Zug rechtzeitig erreicht hat.« Sie stellte das Tablett auf den Nachttisch und zog sich geräuschlos zurück.»Was wohl passiert ist?«, fragte Susanne vom

Wohnzimmerdiwan aus.»Das wird der Vati schon herausfinden«, antwortete die Mutter und widmete sich wieder ihrer Zeitschrift. Susanne vertiefte sich in ein Kreuzworträtsel und beide hingen schweigend ihren Gedanken nach, die alle möglichen Szenarien entwarfen.die Uhr tickte an der Wand. Eine originale Schwarzwalduhr, auf die der Vater besonders stolz war. Ein schmales Häuschen mit einem Schindeldach, darunter das Fenster, aus dem zu jeder vollen Stunde der Kuckuck rausgeschossen kam und mit seinem Rufen die Uhrzeit bekannt gab. Das Ziffernblatt mit den römischen Zahlen war eingebettet zwischen zwei weiteren Fenstern, darunter eine Alpenszene. Die Pendel waren Tannenzapfen nachgebildet. Jeden Abend vor dem Schlafengehen zog der Vater die Uhr mit liebevollen Handgriffen auf. Das war für alle das Zeichen, sich für das Bett fertig zu machen. Keiner kam jemals auf den Gedanken, länger sitzen zu bleiben, wenn er dies tat.um halb acht ertönte die Uhr mit einem Glockenschlag und gleichzeitig hörten Susanne und die Mutter, wie sich der Schlüssel im Schloss drehte. Beide setzten sich mit angehaltenem Atem kerzengerade auf. Vati schloss die Tür hinter sich, stellte seinen Aktenkoffer neben die Garderobe, zog den Mantel aus und hängte ihn an den Haken. Seinen Hut legte er auf die Ablage und schlüpfte aus den Schuhen.»Ahhhh«, entfuhr es ihm, als er in seine weichen Pantoffel schlüpfte. Zuerst ging er ins Bad und wusch sich gründlich die Hände, ehe er ins Wohnzimmer schritt. Dort sah er in die angespannten Gesichter der Frauen.»Guten Abend«, begrüßte er sie. Und nach kurzem Innehalten:»Ist etwas passiert?«

Die Mutter fing sofort an zu schluchzen und Susanne stimmte mit ein.

»Rolfi ist von Herrn Götz nach Hause gebracht worden«, kam es stockend aus Mutters Mund. »Wir wissen nicht, was vorgefallen ist. Herr Götz hat sich nicht geäußert, und Rolf mussten wir sofort ins Bett legen.«

Der Vater runzelte die Stirn und rückte seine Brille zurecht. »Auch das noch«, murmelte er. Als er resolut an meine Zimmertür klopfte, rührte ich mich nicht, selbst dann nicht, als der Vater ins Zimmer polterte. Die dicke Federdecke blieb als Schutzhülle über mir liegen und Vater wollte nicht daran zerren. So zog er sich wieder zurück und setzte sich mit einem lauten Seufzer in seinen geliebten Ohrensessel. »Morgen ist es noch früh genug, wenn wir dann die Geschichte erfahren«, sagte er, ohne in die neugierigen Gesichter der Frauen zu blicken. Dann nahm er die Zeitung und vergrub sich dahinter.Wenn ich so darüber nachdenke, spüre ich noch immer das weiche Federbett auf mir und wie geborgen und beschützt ich mich darunter fühlte. Fern von diesen bösen Arbeitskollegen, fern von der traurigen Mutter, fern vom strengen Vater, fern von der mitleidigen Schwester. Vor allem fern von der Welt und ihren hohen Ansprüchen. Ich wollte weder den Tee trinken, noch dem Vater Rede und Antwort stehen. Einfach für immer und ewig unter dieser flauschigen Decke liegen bleiben, was auch noch länger der Fall gewesen wäre, wenn ich nicht doch irgendwann gegen Morgen den Gang auf die Toilette hätte antreten müssen. Beim Zurückschleichen erwischte mich dann der Vater. Verschlafen trat er aus der Schlafzimmertür. Im Flur standen wir uns gegenüber.»Erzähl jetzt«, herrschte er mich an. »Die halbe Nacht konnte ich kein Auge zutun bei dem Gedanken, was mich heute in der Bank erwartet.«»Du weißt doch, dass sie mich immer von A nach B schicken, wenn es ihnen gerade lustig ist«, brachte ich stotternd heraus. »Und gestern habe ich es einfach nicht mehr ausgehalten. Wieso soll ich Akten aus dem Keller holen, die längst auf dem Schreibtisch liegen? Der Herr Fuchs kann mich einfach nicht leiden und ich ihn auch nicht. Ich will ihn nie wiedersehen. Und heute schon gar nicht.«

»Was heißt das?«, fragte der Vater streng. »Gehst du heute nicht zur Arbeit?«

»Nein«, erwiderte ich mutig. »Und morgen auch nicht.«Wortlos drehte sich der Vater um und schloss die Schlafzimmertür vor meiner Nase. Dann hörte ich, wie er das Fenster aufriss, um frische Luft hereinzulassen. Kummervoll wickelte er sich wieder in seine Schlafdecke ein. Sorgen war Vati gewohnt. Mit Susanne. Und nun ging derselbe Zirkus bei mir los. Und dabei hatte er so gehofft, dass ich in der Bank eine gute Anstellung bekomme. Nach der ersten großen Enttäuschung, dass man den Lehrvertrag nicht erfüllen wollte, sondern diesen in eine Anlehre umwandelte mit der Begründung der Schwerhörigkeit, war er doch froh, dass ich zumindest in der Bank bleiben konnte. Wenn es auch nicht schön für ihn anzuschauen war, dass sein Sohn den Laufburschen für jedermann machen musste. So verschwand auch der Antrag auf Anlehre still und heimlich im Schreibtisch von Herrn Götz und Jahr für Jahr schämte sich der Vater weniger, weil er versuchte, dem Ganzen aus dem Weg zu gehen. Aber nun wurde er unvermutet damit konfrontiert und musste sich der Sache stellen. Und wahrscheinlich war es besser ohne mich. Weniger peinlich auf jeden Fall.Den kalten Melissentee vom Vorabend trank ich zum Frühstück, die Mutter brachte mir ein paar belegte Brote dazu. Sie fragte nicht viel, kannte sie ja nun die Sachlage von dem Gespräch mit dem Vater, welches sie mitangehört hatte.Mittags kam er aus der Bank nach Hause und wollte erst in Ruhe essen. Meine Portion brachte mir Susanne ins Zimmer, damit bis zu unserem Zusammentreffen noch Ruhe herrschte.Als der Vater im Ohrensessel saß, ließ er mich von Susanne ins Wohnzimmer holen. Armselig sah ich aus in meinem grüngestreiften Flanellpyjama. Blass im Gesicht, die Mundwinkel qualvoll verzogen.

»Setz dich!«, forderte Vater mich auf und ich setzte mich auf den Rand des Diwans.

»Also, Rolf, ich habe mit Herrn Götz ausgemacht, dass du kündigen wirst. Es ist wohl besser so. Die Situation ist sehr verfahren.

Herr Fuchs ist zutiefst beleidigt. Er musste gestern zwei Stunden lang sein Büro aufräumen und die Akten sortieren, welche du ihm an die Wand geworfen hast.«

Die Mutter und Susanne schnappten nach Luft.

»An die Wand geworfen!«, wiederholte die Mutter ungläubig.Ich versuchte, zu einer Verteidigungsrede auszuholen, fühlte mich allerdings sehr unbehaglich in meinem Pyjama und kam mir vor, als ob ich bei einem Strafgericht säße. Bei den vorwurfsvollen Blicken, welche mir meine Familie zuwarf, brach mir der Schweiß aus und der Kreislauf begann Karussell zu fahren.»Schweig!«, befahl der Vater, bevor ich überhaupt ein Wort herausgewürgt hatte. »Du hast jetzt genug Zeit, darüber nachzudenken, was du ab nun machen möchtest. Ich werde dir die Papiere zum Unterschreiben bringen. Und morgen gehst du zum Arzt. Bis zum Monatsende bist du krank. So habe ich das mit Herrn Götz ausgemacht. Er möchte weder die Angestellten noch dich mit dem Geschehenen konfrontieren. Es wäre für alle nur noch unangenehmer. Am besten ist es, wenn die ganze Sache so schnell wie möglich vergessen wird. Das ist auch für mich der größte Nutzen. Die mitleidigen Blicke waren ja kaum auszuhalten.«

»Vati, bitte«, begann ich zu flehen. Ich wollte mich entschuldigen. Mittlerweile schämte ich mich zutiefst. Ich wollte mich erklären, wollte richtigstellen, ich wünschte mir Verständnis für meine furchtbare Lage. Aber das Gesicht des Vaters blieb hart, die Enttäuschung war nur zu deutlich abzulesen.»Mutti«, versuchte ich, mich an die Mutter zu wenden. Aber ihr begannen bereits wieder die Tränen über die Wangen zu rollen. Susanne blickte versteinert. Auch von der Schwester konnte ich keine Hilfe erwarten, obwohl sie meine Lage am besten verstehen müsste, hatte sie doch schon mehrmals die Stelle gewechselt, weil sie mit irgendwem nicht zu Rande kam. Schließlich drehte ich mich um und schlurfte mit hängendem Kopf in mein Zimmer. Fast stolperte ich über den

Flickenteppich, der im Flur lag, weil ich kaum die Kraft hatte, die Füße zu heben.»Was hätte ich nur anders machen können?«, murmelte ich ein ums andere Mal. Im Liegen starrte ich durch das Fenster und sah zu, wie die Dämmerung ins Zimmer schlich. Die Wände wechselten ihre Farbe ins Graue und die Möbel zeichneten Schatten in den Raum. Meine Gedanken drehten sich im Kopf, so dass mir immer schwindliger und heißer wurde. Spät am Abend hörte ich, wie die Eltern ins Bett gingen und Susanne ebenfalls. Keiner sah mehr zu mir herein. Jetzt musste auch ich weinen. Mit großer Beherrschung unterdrückte ich die Schluchzer, die sich aus meiner Brust schälen wollten, und ließ die Tränen lautlos über die Backen laufen.Ich konnte nicht einschlafen, keine Ruhe finden. Wälzte mich eine unendliche Zeit lang hin und her und hörte plötzlich diese Stimme.

»Steh auf und geh zu deinen Eltern ins Schlafzimmer. Sie sind tot!«

Ich schnellte in die Höhe und setzte mich angsterfüllt im Bett auf, ich schaltete das Licht ein und sah verunsichert umher. Niemand war im Zimmer.

»Steh auf und geh zu deinen Eltern ins Schlafzimmer. Sie sind tot!«, hörte ich ein zweites Mal.Um Himmels willen, woher kam das? Was sollte das?

»Oh nein, oh nein!«, rief ich zutiefst verzweifelt, sprang aus dem Bett, riss die Schlafzimmertüre auf und lief schreiend auf den Gang hinaus.»Es tut mir so leid, es tut mir so leid!« Ich stürzte in das Zimmer meiner Eltern, warf mich vor das große Kruzifix, welches links an der Wand hing, und schrie so laut ich konnte. »Oh Jesus, warum sagst du mir so etwas Schlimmes! Warum nur? Oh Jesus, Jesus!«

Plötzlich spürte ich, wie mich Hände packten und aufzogen. Sie schleiften mich zu meinem Bett hinüber, wo sich eine fremde Gestalt über mich beugte, meinen Arm packte und mir eine Spritze in die Vene drückte. Endlich kam der erlösende Schlaf über mich.

Diese Erinnerungen quälten mich lange Zeit. Die Stimme war so lebendig, so echt. Ich war fest davon überzeugt, dass Jesus zu mir gesprochen hatte, wenn es auch zum Glück nicht stimmte, was er sagte. Die Eltern waren wohlauf. Sie hatten zutiefst erschrocken den Hausarzt geholt, welcher nur vier Häuser weiter wohnte und sofort zu Hilfe kam. Er schrieb eine Einweisung in die psychiatrische Klinik in Emmendingen. Diese Klinik gibt es seit 1889, sie ist in einem sehr ansehnlichen Gebäude mit einer wunderschönen Parkanlage untergebracht. Dort lag ich nach der Einlieferung mit acht weiteren Männern in einem Saal und starrte an die Decke, um Fliegen dabei zu beobachten, wie sie ihren Schiss hinterließen oder dabei waren, Nachwuchs zu zeugen. Auf dies musste ich mich voll konzentrieren, um all die Gerüche und Geräusche um mich herum auszublenden. Denn trotz meiner Schwerhörigkeit drang all das Gestöhne, Geschrei, Geschnarche, Gelächter, Weinen und Jammern tief in mein Bewusstsein. Die Behinderung dämpfte die Laute kaum, ständig hatte ich das Gefühl, der Lärm schwappe wie eine Welle über mich hinweg und spüle mich an unbekannten Ufern wieder aus. Es wurde um sich geschlagen, gekratzt, Köpfe an die Wände gehämmert. Es wurde erbrochen, gefurzt, gerülpst und auch ins Bett gekotet. In welch schrecklicher Welt war ich gelandet! Und doch waren diese Zimmergenossen Menschen, welchen ich vielleicht auf der Straße begegnet war, die ich vom Fenster aus beobachtet oder denen ich im Kaffeehaus gegenübergesessen hatte. Kurzum, es waren Leute wie ich, die irgendwann in eine schwere Lebenskrise geraten waren, aus der sie sich selbst nicht mehr hatten befreien können. Sie brauchten Stillstand, Ruhe und Befreiung von ihren Selbstzweifeln und quälerischen Gedanken. Und solange die Medikamente wirkten, war dies auch kein Problem. Das wurde es erst wieder, wenn diese nachließen und die Realität mit aller Macht und Stärke abermals über einen hereinbrach. Und das brachte mich zusätzlich schier zur Verzweiflung.

Ich bat die Ärzte, mich nach Hause zu lassen. Täglich bettelte ich sie darum an. Ich sehnte mich nach meinem Zimmer, nach den Eltern und nach Susanne, nach unserem Schäferhund Lux. Alles hier war so fremd, so unheimlich, so schrecklich. Zwar wusste ich, dass es nach meinem Zusammenbruch das Beste war, in der Klinik gelandet zu sein, aber doch nur deshalb, weil es mir die Ärzte und auch die Eltern bei ihren anfangs seltenen Besuchen einredeten.Schließlich hatte man doch Erbarmen mit mir und verlegte mich in ein Zimmer mit nur drei weiteren Mitbewohnern. Auch hier beobachtete ich meistens die Fliegen an der Wand und an der Decke, aber zwischendurch sprach ich mal ein paar Worte mit dem einen oder anderen Patienten oder hörte angestrengt zu, wenn sie sich unterhielten. Im Frieden dieses kleineren Zimmers söhnte ich mich langsam mit meinem Zustand aus. Die Nerven beruhigten sich, ich wusste, ich müsste nie mehr in die Bank zurückkehren, und die Stimme Jesu, welche mich noch eine Weile verfolgte, war nur ein Hirngespinst meiner überreizten Sinne. So zumindest wurde es mir erklärt und ich wollte es glauben.Täglich durfte ich mich mehr bewegen und es wurde eine Spritzenkur für mich angeordnet, die jedoch ein hohes Risiko barg. Sie könne meinen Zustand weiter verschlimmern, aber sie sei auch eine Chance, ihn nachhaltig zu verbessern. Nach langen und intensiven Gesprächen mit den Eltern und den Ärzten willigte ich ein. Jeden Tag bekam ich drei Spritzen und wurde anschließend fest in ein Laken gewickelt, um mich so wenig wie möglich zu bewegen. Es war eine schreckliche Tortur, aber wieder halfen mir die Fliegen darüber hinweg. Sie lehrten mich, Geduld zu haben, schwirrten langsam die Wände entlang, strichen sich mit ihren filigranen Beinen über den Kopf oder rieben diese ständig aneinander.Trotzdem war ich sehr ungehalten über diese Behandlung und nörgelte besonders viel bei Schwester Elisabeth über diese Quälerei, wenn sie mich in das Laken einpackte.»Herr Kengelbach«, riss ihr eines Tages der

Geduldsfaden. »Sie haben das Gemüt eines quengelnden Kindes und Ihr Herz ist wie ein Kaktus. So stachelig, dass man sich kaum traut, Sie anzufassen, geschweige denn, mit Ihnen zu scherzen.«

Seit diesem Tage machte sie sich über mein Kaktusherz lustig und ich fand ihre Einschätzung stimmig, tat es mir doch oft weh, ob der traurigen Umstände meines Lebens. Mit diesem Bild konnte ich mich anfreunden und es trug zur Versöhnung mit meinem Schicksal, in der Klinik leiden zu müssen, bei.manchmal durfte ich Musik hören, aber nur, wenn die drei anderen Patienten mit ihren jeweils eigenen Kuren und Therapien außerhalb des Zimmers beschäftigt waren. Ich brauchte ja eine gewisse Lautstärke, um die Töne und Melodien tief in mir aufnehmen zu können. Dann träumte ich mich aus diesem Verlies in die freie Natur hinaus, hinein in einen Wald, auf bunte Blumenwiesen, an den Rand eines Flusses oder an das Ufer eines Sees. Auch Berggipfel erklomm ich und wanderte von Alm zu Alm. Ich träumte vom Meer, wenn Conny Froboess über »zwei kleine Italiener« sang, oder stellte mir die Liebe vor, bei den Liedern von Conny Francis. Ein »schöner fremder Mann« wollte ich sein, bei den Damen. Allerdings war ich auch der gleichen Meinung wie die Sängerin: »Die Liebe ist ein seltsames Spiel.« Zu mir wollte sie bisher nicht kommen und hier im Sanatorium würde ich sie keinesfalls finden. Aber träumen konnte man. Träumen durfte man und träumen war der einzige Trost in dieser schweren Zeit.Als die Spritzenkur nach drei Wochen endlich beendet war, teilte man mich der Gärtnertruppe zu. Ich durfte den zum Sanatorium gehörenden Garten zusammen mit einigen anderen Patienten und dem Hauptgärtner pflegen. Rasen mähen, Unkraut zupfen, Blumenrabatten anlegen und die Wege kehren. Das machte mir allmählich immer mehr Spaß, die Bewegung an der frischen Luft, die unverfänglichen Unterhaltungen mit Besuchern, Patienten und Angestellten, die des Weges kamen. Nach Beendigung der Arbeit wurde zum

Abendessen gerufen, dann drehte ich mich um und sah, was wir an diesen Gartentagen alles geschafft hatten. Montag und Mittwoch war ich eingeteilt. Auf diese Tage freute ich mich sehr und auf die Sonntage, wenn die Eltern und Susanne zu Besuch kamen oder Onkel Willi mit Cousine Gudrun. Man setzte sich ins Kaffeehaus, bestellte Kuchen und Espresso und plauderte über Gott und die Welt, über meine Therapien und Zimmergenossen. Susanne wollte besonders genau die Diagnosen jedes Einzelnen wissen.»Was ist mit Herrn Fischer?«, fragte sie jedes Mal. »Hat er wieder die Partisanen gesehen, Rolfi?«

»Ich denke, zurzeit schlagen seine Medikamente erfolgreich an«, erwiderte ich. »Herr Fischer ist ganz ruhig.«Hermann war im Krieg in Rumänien eingesetzt gewesen und musste gegen die in den Wäldern versteckten Partisanen vorgehen. Das dort Erlebte hatte sich tief in seine Seele eingegraben. Zu Beginn, als man noch nicht so recht wusste, welche Medikamente bei ihm anschlagen würden, konnte es passieren, dass er plötzlich schrie:»Die Partisanen kommen!!!«, wobei er sich unter den nächsten Tisch verkroch. Passierte dies im Speisesaal, erschraken auch andere Patienten und warfen sich ebenfalls unter die Tische. Dabei flog so mancher Teller, was wiederum andere lustig fanden. Das Personal meistens nicht. Sie schimpften und verlangten, dass Herr Fischer im Zimmer essen solle. Was wiederum die Ärzte nicht begeisterte. Susanne fand diese Geschichte immer wieder zum Lachen und ich freute mich, wenn ich etwas zu ihrer Heiterkeit beitragen konnte, auch wenn es auf Kosten von Hermann ging. Allerdings erfuhr er ebenso wenig wie Herr König, dass seine Leidensgeschichte meine Familie erheiterte. Ernst war im Krieg von einer Phosphorbombe das halbe Gesicht verbrannt worden. Als er aus der Gefangenschaft zu seiner Verlobten zurückkehrte, wollte diese ihn nicht mehr erkennen. Ein halbes Jahr lang verfolgte er sie täglich. Ob sie zur Arbeit ging oder ins Kaffeehaus, zur Friseurin oder eine

Tante besuchte, Ernst blieb ihr dicht auf den Fersen. Bis er von der Polizei ins Sanatorium gebracht wurde. Und hier landete er immer wieder, denn wenn er seine Medikamente nicht regelmäßig einnahm, fing er an, Frauen zu verfolgen, die er für seine Gertrude hielt.Zum Glück erfuhr auch ich nicht, welche Besucher sich über meine Geschichte königlich amüsierten. Denn natürlich musste auch ich meinen Zimmergenossen über mich Rechenschaft ablegen. Und sie wollten immer wieder hören, wie ich Herrn Fuchs das Büro verwüstet hatte.Endlich, nach drei Monaten durfte ich nach Hause. Ich hatte tüchtig zugenommen und mein Gemüt war so ruhig wie eh und je. Mutter, ihr Vetter Walter und seine Frau Hanni holten mich mit dem Auto ab. Die Fahrt nach Hause, bei wunderschönem, strahlendem Sonnenschein, machte mich sehr glücklich. Ich saß im Fond neben meiner Mutter und sie hielt die gesamte Fahrt über meine Hand. Hurtig ging es durch Dörfer und neben Feldern entlang. Ich konnte mich nicht sattsehen. Die Bäume standen in voller Blüte, Blumen blühten in den Wiesen und bauschige Wolken durchzogen den

dunkelblauen Himmel.Zu Hause begrüßte mich unser Schäferhund Lux stürmisch. Er sprang an mir hoch und warf mich fast um. »Ist schon gut, Lux, jetzt bin ich ja wieder da«, versuchte ich, ihn zu beruhigen. Sein Schwanzwedeln zeigte mir, wie sehr er sich freute.Susanne umarmte mich kurz, Vater drückte mir die Hand. Dann setzten wir uns alle an den Abendbrottisch und ich hatte das Gefühl, jetzt gehe mein Leben erst richtig los.

Tanja und Peter

Im Jahr 2011 hatte ich etwas Kleingeld übrig, welches ich in Immobilien anlegen wollte. Dazu vereinbarte ich mit einem Makler einen Besichtigungstermin in einer der besten Gegenden von Baden-Baden. Meine Frau Tanja begleitete mich und so machten wir uns an einem verregneten Tag auf in die Bismarckstraße, um dort eine Zweizimmerwohnung im Erdgeschoss und eine Dreizimmerwohnung zwei Etagen darüber anzusehen. Ich parkte das Auto am Fahrbahnrand und lief mit dem aufgespannten Schirm zur Beifahrertür, um Tanja trocken zum Eingang zu geleiten. Dort wartete bereits der Makler auf uns. Wahrscheinlich waren vorher schon andere Interessenten da gewesen, um die beiden Wohnungen zu besichtigen. Das in hübschem Gelb gehaltene Bürgerhaus begeisterte uns bereits von außen. Kleine, schmale, schmiedeeiserne Balkone zierten jedes Fenster, auf denen zur zusätzlichen Verschönerung bunte Blumentöpfe balancierten.»Marten mein Name«, stellte der Makler sich vor und schüttelte uns die Hand.

»Keßner, angenehm«, grüßte ich zurück.Er klingelte beim Mieter in der Erdgeschosswohnung und wir warteten einige Zeit, bis sich aus der Sprechanlage eine kaum wahrnehmbare Stimme meldete.»Ja, bitte?«

Der Makler kündigte uns an und die Türöffnung wurde betätigt. Er drückte gegen die Eingangstür, hielt uns diese mit dem Rücken auf und wir traten ins Treppenhaus. Ein ekliger, süßlicher Duft zog uns in die Nase. Ich sah Tanjas Gesicht blasser werden. Nach dem guten ersten Eindruck draußen waren wir sehr schnell ernüchtert. Aus der Wohnungstür kam uns ein älterer Mann mit schwerem Schritt entgegen. Seine Füße hoben sich kaum vom Boden ab, so als trüge er eine zentnerschwere Last. Die Haltung war gebückt, die Schultern hingen herunter und sein Blick war nach unten gerichtet. Zur Begrüßung streckte er seine bleiche Hand aus, welche er bei der Begrüßung kaum schloss, und stellte sich als Herr Kengelbach vor. Seine Augen weiterhin auf den Boden gerichtet, bat er uns einzutreten.Der unangenehme Geruch, den wir schon im Treppenhaus wahrgenommen hatten, hatte zweifellos seinen Ursprung in dieser Wohnung. Der Makler zuckte entschuldigend mit den Schultern, als er die angeekelten Gesichter von meiner Frau und mir sah. Die Wohnung war in keinem guten Zustand.»Wie geht es Ihnen, Herr Kengelbach?«, fragte der Makler den Mieter, wahrscheinlich um die beklemmende Stille zu beenden.Herr Kengelbach starrte weiter vor sich auf den Boden und antwortete nicht. Man sah ihm deutlich an, wie unangenehm die Situation für ihn war. Herr Marten wiederholte die Frage, diesmal deutlich lauter.»Ja«, antwortete dieser einfach auf Gutdünken.Der Makler sah unsere erstaunten Gesichter und erklärte, dass der Mieter schwerhörig sei, kein Hörgerät trage und man sich mit ihm nur durch Schreien verständigen könne. Dann führte er uns durch die Wohnung.In der Küche begannen wir. Der Boden klebte, in der Spüle stapelte sich das Geschirr und der Küchentisch war vollgeräumt mit Zeitungen und Zeitschriften sowie allerlei Krimskrams. Der penetrante Geruch erreichte hier seinen Höhepunkt und so streiften unsere Blicke nur kurz umher. Im Wohnzimmer stand in einer Ecke ein alter, abgewetzter Ohrensessel. Ein großer Diwan im anderen Eck, mit einem grobgemusterten Überwurf darauf. Wahrscheinlich schauen schon die Sprungfedern heraus, dachte ich kurz. Ein schöner Sekretär zog mein Interesse auf sich. Dieser war immerhin aufgeräumt, mit einem alten Globus darauf. Ich hätte gerne etwas zu Herrn Kengelbach gesagt, der tieftraurig im Türrahmen stand und uns beobachtete, aber die drückende Stille und das Gesehene verschlugen mir die Sprache.Nach einem kurzen Blick in Schlafzimmer und Bad reichte es uns. Die ganze Wohnung wirkte abgewohnt und verwahrlost. Ebenso wie der alte Mann. Wir wollten raus. Tanja holte schon kaum mehr Luft und auch Herrn Marten merkte man an, wie peinlich ihm diese Besichtigung war.»Wir gehen nun zwei Stockwerke höher«, informierte er.»Die Dreizimmerwohnung ist ohnehin das weitaus interessantere Objekt in diesem Gebäude. Ich nehme an, dass diese Zweizimmerwohnung wohl nicht in Frage kommt.«Wir sagten nichts, folgten ihm nur stumm, nachdem wir uns von Herrn Kengelbach verabschiedet hatten. In der anderen Wohnung lief der Makler zur Höchstform auf, aber ich besah mir alles nur oberflächlich, da mir die erste Besichtigung nicht aus dem Kopf gehen wollte. Ich besprach mich kurz mit meiner Frau und wir beschlossen, beide Wohnungen zu kaufen, wenn für sie ein attraktiver Gesamtpreis angeboten würde. Der Makler war sichtlich überrascht und dann sehr erfreut. Während Tanja und ich uns in einem Café eine Pause gönnten, wollte er die Sache mit seinem Vorgesetzten besprechen.»Hast du gesehen, dass der alte Mann nirgendwo Lampen montiert hat?«, fragte mich Tanja, kaum dass wir Platz genommen hatten. Auf unserem kleinen Tischchen für zwei Personen standen noch die benutzten Tassen unserer Vorgänger. Ich schob sie zur Seite und fegte ein paar Krümmel vom Tisch.»Das ist mir gar nicht aufgefallen«, gab ich zurück. »Aber den fürchterlichen Gestank, die ungeputzten Böden und das verwahrloste Badezimmer habe ich schon bemerkt.«

Ich bestellte einen Espresso und einen Apfelstrudel, Tanja Cappuccino und eine Topfentorte.Nachdenklich begannen wir zu essen.»Ob der Mann niemanden hat, der sich um ihn kümmert?«, hakte Tanja nach.»Bestimmt nicht, denn sonst würde man ihn nicht so verkümmern lassen«, mutmaßte ich.

»Oder er will es nicht«, meinte Tanja.»Auf jeden Fall ist er sehr verängstigt. Mir geht das ziemlich nahe. Ich werde die Gedanken an diesen Mann kaum los. Darüber denke ich fast mehr nach als über den Kauf.«

»Mir geht es genauso«, sagte Tanja und rührte nachdenklich in ihrem Cappuccino.Wieder zurück in der Bismarckstraße, kam uns Herr Marten freudestrahlend entgegen und per Handschlag besiegelten wir vorerst das Geschäft.

Ohne größere Probleme gingen die Kaufmodalitäten anschließend über die Bühne und Tanja und ich beschlossen, ohne fremde Begleitung nochmals bei den Mietern vorstellig zu werden. Das Ehepaar Brocken konnten wir telefonisch erreichen, Herrn Kengelbach informierten wir per Brief über unsere Besuchsabsichten, da er kein Telefon besaß. Und so machten wir uns zwei Wochen später abermals auf den Weg nach Baden-Baden, um diesmal als künftige Eigentümer mit den Mietern zusammenzutreffen. Beide waren wir gespannt und aufgeregt.Ich parkte auf demselben Parkplatz wie beim ersten Mal, aber diesmal bei wunderbarem Sonnenschein. Wir klingelten zuerst bei Herrn Kengelbach. Es dauerte wieder eine Weile, bis sich seine schwache Stimme aus der Sprechanlage meldete.Der unangenehme Geruch hing immer noch in der Wohnung, aber es herrschte etwas mehr Ordnung. Er bat uns, Platz zu nehmen, und wirkte etwas entspannter und nicht so besorgt wie beim ersten Treffen.»Wir möchten Sie darüber informieren, dass wir die Wohnung nicht gekauft haben, um selbst hier zu wohnen«, erklärte ich ihm mit sehr lauter Stimme. »Sie können gerne weiterhin hier wohnen bleiben.«

»Das hat mir Herr Merten schon mitgeteilt«, kam es erleichtert von dem alten Herrn. »Ich habe zu Gott gebetet, dass Sie die Wohnung kaufen mögen, da die anderen Interessenten sie zur Selbstnutzung erwerben wollten«, erklärte er weiter. »Ich wohne doch nun schon über dreißig Jahre in diesem Haus und ich möchte es nur sehr ungerne verlassen.«

Wir versicherten ihm, dass er so lange bleiben könne, wie er wolle, und nach ein paar höflichen Gesprächsfloskeln stieß Tanja gegen mein Knie. Ihre Geruchsnerven schienen genug strapaziert worden zu sein. Wir verabschiedeten uns und gingen in das obere Stockwerk zum Ehepaar Brocken. Nach kurzem Klingeln öffnete Claudia Brocken die Tür und bat uns herein. Kaum saßen wir am Tisch, fragte sie auch schon, ob wir die untere Wohnung ebenfalls gekauft hätten.

»Ja, das haben wir«, antwortete Tanja. »Da haben Sie sich ja was eingehandelt«, fing Frau Brocken an zu wettern. »Wenn der Herr Kengelbach lüftet, muss ich hier heroben alles zumachen. Es stinkt zum Himmel, was da an Gerüchen aus dieser Wohnung kommt. Unerträglich!« Sie stellte eine Karaffe Wasser auf den Tisch und vier Gläser. »Ich vermute, dieser Herr ist ein Messi, wie er im Buche steht, er kann sich von nichts trennen und hortet das Zeugs, bis es von selbst verrottet. Ist ja auch kein Wunder, der war immer Junggeselle und ganz ohne Frau. Nachdem seine Eltern und seine Schwester gestorben sind, ging es bergab. Er kommt weder seinen Reinigungspflichten im Treppenhaus nach noch sonst was. Seinen dicken Dackel musste der Tierschutzbund abholen. Der wäre sonst womöglich noch geplatzt!« Endlich machte sie eine Pause. Herr Brocken nickte zu allem nur und ergänzte anschließend den Monolog seiner Frau.

»Sämtliche Versuche der Hausgemeinschaft, Herrn Kengelbach zu helfen, sind von ihm abgelehnt worden oder mangels seiner Bereitschaft zur Mitarbeit gescheitert. Dem ist einfach nicht zu helfen.«

Die Ausbrüche dieser zwei Herrschaften machten uns langsam zu schaffen. Wir wollten ihnen eigentlich nur mitteilen, dass sie weiterhin als Mieter in der Wohnung bleiben könnten, aber schon bald kamen mir Zweifel, ob ich das wirklich wollte. Da wir nicht viel erwiderten, begann sich das Gespräch der Wohnung zuzuwenden. »Der Boiler ist schon ziemlich alt, den könnte man mal auswechseln«, meinte Herr Brocken.»Bei den Fenstern zieht es ordentlich rein, wenn der Nordwind bläst. Da wäre eine Sanierung auch nicht zu viel verlangt«, ergänzte Frau Brocken. »Und die Wände könnten neu tapeziert werden. Dieses Muster ist schon seit Jahren aus der Mode.«

Bevor der Forderungskatalog noch länger wurde, stieß diesmal ich Tanja unter dem Tisch gegen das Knie. Wir verabschiedeten uns und sahen zu, dass wir schnell nach draußen kamen. Dort atmeten wir ein paar Mal tief durch.»Was für Welten!« rief Tanja aus. »Der eine hat nichts und verlangt nichts, die anderen haben alles und wollen noch mehr.«»Unverschämt«, mehr fiel mir dazu nicht ein. Der Mensch, der offensichtlich Hilfe benötigte, bedankte sich, dass wir die Wohnung gekauft hätten und er darin bleiben könnte, und diejenigen, deren Wohnung noch gut in Schuss war, glaubten, eine Melkkuh gefunden zu haben. Tanja und ich verstanden die Welt nicht mehr. Auch ging uns das über Herrn Kengelbachs Schicksal Gehörte sehr zu Herzen. Außerdem hatte ich bei diesem Besuch mein Augenmerk auf seine Leuchten gerichtet und wie Tanja festgestellt, dass sämtliche Lampenschirme fehlten und zudem außer im Wohnzimmer nirgendwo Glühbirnen eingeschraubt waren, sondern die Kabel nur lose herabhingen.»Peter, ich sage dir, der Mann wohnt im Finstern, wenn es dunkel wird«, zeigte sich Tanja erschüttert.Ich kannte meine Frau. »Und nun meinst du, wir sollten was tun.«

»Ja, wir sollten etwas tun.«

Zu Hause angekommen, setzte ich mich an den Computer und wurde bei Ebay schnell fündig. Vier Deckenleuten inklusive Leuchtmittel für schlappe 20 Euro. Natürlich, ich hätte alles neu einrichten können. Selbst die komplette Wohnung hätte ich aufs Modernste renovieren können, ohne dass es mir weh getan hätte. Ich hatte drei Jahre zuvor eine gutlaufende Firma verkauft, soeben zwei Wohnungen erworben, lebte in einem wunderschönen Haus und musste mir um Geld keine Gedanken mehr machen. Trotzdem war mein Zufriedenheitshorizont in weite Ferne gerückt. Je mehr ich mir leisten konnte, desto kurzweiliger war die Befriedigung daran. Dies spürte ich schon seit einigen Jahren. Umso mehr Freude machte es mir, diesem plötzlich in unser Leben getretenen Menschen, welcher offensichtlich etwas Hilfe brauchte, unter die Arme zu greifen. Als die Pakete der Ebay-Bestellungen ankamen und ich sie auspackte, lachte Tanja mich aus. »Das ist ja, als ob der Weihnachtsmann zu dir gekommen wäre«, grinste sie mich an.

»Ja, was glaubst du, wie Herr Kengelbach da schauen wird, wenn ich ihm die Lampen aufhänge?«, strahlte ich zurück. »Offensichtlich hat dein Kaktusherz einen Stachel verloren«, meinte Tanja daraufhin nachdenklich. An meinem Herzen hatte sie in letzter Zeit des Öfteren etwas herumzumäkeln. Es war einiges auf der Strecke geblieben bei meiner Kletterpartie die Erfolgsleiter hinauf. Es gibt immer einen Preis, den es zu bezahlen gilt. Die Frage ist, ob man bereit ist dazu. Ich war bereit gewesen und hatte Vollgas gegeben, ohne Rücksicht darauf, ob das auch für meine Familie das Beste war. Darüber dachte ich nicht nach, denn immerhin waren sie ebenfalls Nutznießer meines Erfolges. Aus unserer Wohnung wurde ein Haus, aus unserer Rostschüssel eine Limousine und aus unseren Campingtagen Luxusurlaube rund um die Welt. Bezahlt wurde das mit einem Ehemann und Vater, der jederzeit erreichbar war, jedes Gespräch für einen Anruf unterbrach und jede Menge Unterlagen mit sich herumschleppte. Aus der guten, entspannten Laune wurde ein hektisches, aufbrausendes Temperament. So kam ich zu meinem Kaktusherzen. Und in letzter Zeit spürte ich es selbst vermehrt stechen. Vorsichtig packte ich die Lampen wieder in die Kartons zurück, nahm eine Karte und schrieb Herrn Kengelbach, dass ich Samstag in zwei Wochen um zehn Uhr bei ihm vorbeikommen wolle, um ihm die Leuchten zu bringen und zu montieren. Zufrieden schmiegte sich Tanja beim Fernsehen an mich. Ich spürte, wie es ihr gefiel, dass ich mal was Selbstloses für jemand anderen tat. Und ich fühlte mich auch wohl dabei. Die zwei Wochen vergingen wie im Flug und es traf ein Brief ein, in dem der alte Herr seiner Freude Ausdruck verlieh, dass er nun Deckenlampen installiert bekäme.Natürlich war diesmal kein Parkplatz vor dem Haus frei. Ich fluchte ziemlich. Kaum hat man was zum Schleppen dabei, darf man es auch schleppen. Knappe zehn Minuten suchte ich und dann konnte ich endlich das Auto abstellen. Dreimal musste ich hin und her rennen, denn ich hatte vorsichtshalber auch eine Leiter mitgenommen. Herr Kengelbach besaß keine, wie ich richtig vermutet hatte.»Wozu auch?«, meinte er achselzuckend. »Mir wird in der Höhe schwindlig. Auf Leitern sowieso und seit einiger Zeit auch auf Brücken.«

Und selbst wenn dies nicht so wäre, dachte ich, ließe es sein körperliches Befinden gar nicht zu, auf eine Leiter zu steigen. Abgesehen vom technischen Wissen, welches für den Anschluss notwendig war und welches ich als gelernter Elektriker hatte. So erledigte ich alles alleine, beobachtet von den trüben Augen meines Mieters. Sie wurden allerdings genauso strahlend hell wie seine Wohnung, als diese voll erleuchtet war.»Endlich nicht mehr im Dunkeln ins Bett gehen müssen!«, freute er sich sichtlich.Ich empfand ebenfalls ein unglaubliches Glück, hatte ich doch das Gefühl, dass dieser Mann schon seit Jahren keine Freude mehr erlebt hatte.»Was bin ich schuldig?«, fragte er vorsichtig.

»Nichts«, antwortete ich. »Das ist ein Geschenk zum Einstand!«

Daraufhin strahlte er noch mehr, falls das überhaupt möglich war. Bedächtig löschte er die Lichter in jedem Zimmer und gab mir zu verstehen, dass er nun gerne zu Mittag essen würde und anschließend seinen Mittagsschlaf halten wollte. Aber ich könnte um 14 Uhr nochmals vorbeikommen, er würde mir gerne ein paar Dinge erzählen.Ich freute mich und machte mich auf die Suche nach einem guten Restaurant, um ebenfalls gemütlich zu Mittag zu essen. Ich speiste genüsslich und war mit mir und der Welt im Reinen. Bevor ich in die Wohnung zurückkehrte, parkte ich schnell das Auto um. Ein Strafzettel hätte die günstigen Lampen empfindlich verteuert.Ich war sehr neugierig darauf, was mir Herr Kengelbach wohl erzählen wollte. Der einzige Wermutstropfen war der unangenehme Geruch, dem ich mich aussetzen musste. Bei der Arbeit am Vormittag war ich abgelenkt gewesen, da störte er mich weniger, aber nun, als wir am Küchentisch saßen, wurde er beinahe unerträglich.

»Darf ich das Fenster öffnen?«, fragte ich daher. »Mir ist sehr warm.«Der alte Herr erlaubte es mir und ich nahm zwei tiefe Atemzüge, bevor ich mich wieder setzte.Dann begann er zu erzählen. Dass er schon sehr lange in diesem Haus lebe. Zuerst bezogen seine Eltern, seine Schwester und er eine Wohnung im oberen Teil des Hauses. Über zwanzig Jahre lebten sie dort, bis kurz hintereinander zuerst der Vater, das Jahr darauf die Mutter und schließlich die Schwester verstarben. Innerhalb von drei Jahren verlor Herr Kengelbach seine Familie und somit seinen sicheren Hafen. Der schnelle Tod seiner Angehörigen, seine Schwerhörigkeit und sein zurückhaltendes, unsicher wirkendes Wesen machten es dem damaligen Wohnungsbesitzer einfach, ihm die Wohnung zu kündigen. Rolf Kengelbach hatte jedoch Glück im Unglück und konnte in eine kleinere Zweizimmerwohnung, ein Stockwerk darunter, ziehen. Allerdings musste er einige gute alte Möbelstücke zurücklassen oder zu einem niedrigen Preis verscherbeln. Ich wurde das Gefühl nicht los, dass man diesen hilflosen Mann dabei ordentlich über den Tisch gezogen hatte. Dann musste er abermals ausziehen. Diesmal hinunter in das Erdgeschoss. Irgendwie drückten diese Wohnungswechsel auch seinen Abstieg in der Gesellschaft aus. Von oben nach ganz unten.Er schilderte mir, welche Angst er ausgestanden hätte, als er die Mitteilung erhielt, dass die von ihm bewohnte Wohnung verkauft werde und er nun endgültig aus dem Haus ausziehen müsse, in welchem er dreißig Jahre zugebracht hatte, und seine Erleichterung darüber, hier bleiben zu dürfen. Ich sah mich unauffällig um. In der Spüle stapelte sich noch immer das schmutzige Geschirr. Die Küchenkästen hatten seit Ewigkeiten keinen Putzlappen mehr gesehen. In der Fensterscheibe spiegelten sich die zu Staubflecken verwandelten Regentropfen. Die Dichtung war von schwarzem Schimmel überzogen und an der hohen Stuckdecke hingen Spinnweben. An manchen Stellen löste sich die Tapete. Hier brauchte jemand dringend Hilfe. Aber Herr Kengelbach bat nicht darum und forderte nichts. Mich erfasste eine Stimmung aus Wut und Tatendrang. Wut auf die Menschen, die von diesem Zustand wussten, aber nichts dagegen unternahmen, und Tatendrang, selbst etwas zu tun. Wir gingen ins Wohnzimmer.

»Warum sind die Möbel in Ihrer Wohnung so verschmutzt und defekt?«, kam ich relativ schnell zur Sache. »Vieles ist beim Umzug kaputt gegangen«, rechtfertigte sich der Mann. »Und ich habe weder handwerkliches Geschick noch die finanziellen Mittel, um alles wieder ordentlich herzustellen.« »Aber wenigstens die Textilien könnte man doch mal waschen«, ließ ich mein Taktgefühl mal Pause machen. »Dann würden die Sitzkissen und Decken zumindest einen hübscheren Eindruck machen.«

Ich hatte die Vermutung, dass der üble Geruch davon ausging. Was hatte Frau Brocken erzählt? Herr Kengelbach hatte mal einen Hund. Wahrscheinlich lag der hier überall herum. »Meine Waschmaschine ist seit drei Jahren kaputt«, erklärte er mir entschuldigend. »Ich wasche mit der Hand. Das ist bei den großen Teilen etwas schwierig.«

Mir verschlug es die Sprache. Ich mochte mir gar nicht ausdenken, wie es in seinem Kleiderschrank aussah. Ich drehte mich um und ging in die Küche, um Herd und Kühlschrank zu prüfen. Beides funktionierte, wenn auch starrend vor Dreck. »Der Fernseher geht auch nicht mehr, das ist schlimmer«, meinte er hinter meinem Rücken.»Das war meine einzige Abwechslung, trotz meiner Schwerhörigkeit. Ich kann von den Lippen ablesen. Bei Filmen ging das ganz gut, nur die Nachrichtensprecher redeten zu schnell. Und bei Musiksendungen drehte ich immer laut. Das störte die Nachbarn selten, weil sie selber schauten.«

Mein Kopf begann zu summen. Ich musste hier raus. Kurzerhand verabschiedete ich mich und versprach Herrn Kengelbach, wiederzukommen und ein paar Dinge in Stand zu setzen. Da begann sein Gesicht erneut zu strahlen.»Das ist sehr freundlich von Ihnen, Herr Keßner«, erwiderte er und streckte mir die Hand entgegen.Ich drückte zu, er nicht. Ich drehte mich um und war froh, als die Tür zufiel. Auf der Straße angekommen, nahm ich wiederum ein paar tiefe Atemzüge, schwang mich in mein Auto und lenkte es Richtung Bischweier. Ich wollte, so schnell es ging, unter die Dusche und frische Kleidung anziehen.

Als ich die Zufahrt zu meinem Haus entlangfuhr, winkte mir mein Sohn Fabian zu, der gerade den Rasen mähte, wie es sich gehörte an einem schönen Samstagnachmittag. Tanja war auf der Terrasse damit beschäftigt, die Geranien von altem Laub zu befreien, und Tochter Julia kehrte den Gartenweg entlang. Kaum war ich dem Auto entstiegen, als alle drei neugierig auf mich zukamen.

»Und«, fragte Tanja sogleich, »wie war es?«

»Lass mich erst mal unter die Brause, Schatz«, seufzte ich. »Dann erzähle ich euch alles.«

Als ich frisch geduscht auf die Terrasse trat, sah ich in drei erwartungsvolle Augenpaare. Meine kleine Familie hatte es sich bei Kaffee und Kuchen gemütlich gemacht. Ich berichtete von meinem Ausflug und davon, was in dieser Wohnung alles gerichtet und geputzt werden müsse. Auch von der Überlegung und meinen Zweifeln, ob das unsere Aufgabe sein könne oder wir uns besser nicht einmischten.

»Dann schauen wir genauso weg wie alle anderen um ihn herum«, meinte Tanja und nahm einen Schluck aus ihrer Tasse.»Wenn er doch niemanden mehr hat, der ihm hilft«, sagte Julia nachdenklich und schob sich ein Kuchenstück in den Mund.»Vielleicht will er das gar nicht«, warf Fabian ein.»Doch, den Eindruck hatte ich schon. Stellt euch vor, seine Waschmaschine ist kaputt, der Fernseher funktioniert nicht mehr, die Matratze, auf der er schläft, ist dreißig Jahre alt«, machte ich ein angeekeltes Gesicht.»Dass es das in der heutigen Zeit noch gibt«, staunte Julia. Sie war in einem sicheren Wohlstand aufgewachsen und mit dem Elend der Welt noch kaum in Berührung gekommen. Es würde ihr nicht schaden, auch diese Seite des Lebens einmal kennenzulernen, dachte ich. Ich wehrte eine Wespe ab und in meinem Kopf begann es zu rotieren.

»Das mit den Lampen hat gut und günstig geklappt. Vielleicht können wir die Sachen, die noch benötigt werden, ebenfalls über Ebay erwerben.«

»Oder auf einem Flohmarkt«, rief Julia.

»Oder in einem Secondhandgeschäft«, steuerte Tanja eine weitere Variante bei.

»Vielleicht kann man auch was reparieren«, meinte Fabian, der mein handwerkliches Geschick geerbt, es aber noch nicht allzu oft angewendet hatte.Schlussendlich holten wir einen Notizblock und einen Kugelschreiber und machten eine lange Liste von den Sachen, die wir ersetzen oder reparieren wollten. Ich schrieb aus dem Gedächtnis heraus und die anderen sagten einfach ins Blaue hinein immer wieder etwas, was ihnen einfiel und man in einem Haushalt brauchen konnte. Wir einigten uns darauf, dass Tanja und Julia sich auf das Putzen konzentrierten, Fabian und ich wollten die großen Sachen besorgen wie Waschmaschine, Fernseher und Matratze.Noch am selben Abend klemmte ich mich vor den Computer und gab Angebote für einen Lattenrost, eine

Kommode und einen Fernseher ab. In den kommenden Tagen klapperte Tanja einen Secondhandshop für Möbel ab und fand einen Esstisch mit Stühlen, ein Sofa und Geschirr. Eine fast neue Matratze bekamen wir von Bekannten geschenkt, welchen wir von der Geschichte erzählten. Lediglich für die Waschmaschine mussten wir etwas tiefer in die Tasche greifen. Dafür war sie erst drei Jahre alt.Wir machten, wiederum schriftlich, mit Herrn Kengelbach einen Termin aus und unsere Kinder verzichteten auf einen Badetag, um uns zu helfen. Mein Freund Klaus lieh mir seinen Transporter, welchen wir bis in den letzten Winkel vollstopften. Sogar auf dem Beifahrersitz stapelte sich das Zeug. Tanja fuhr mit unserem Wagen und den Kindern hinter mir her. Sie parkte auf einem Kaufhausparkplatz und ich direkt vor dem Bürgerhaus im Halteverbot, denn zu allem Überfluss waren Bauarbeiter gerade dabei, hier Absperrungen aufzustellen und Baumaterial anzuliefern.Ich steckte einen Zettel hinter die Windschutzscheibe, dass wir einen Umzug durchführten, und hinterließ sicherheitshalber auch meine Telefonnummer darauf.Für Herrn Kengelbach dürfte unser Auftauchen wie ein Überfall gewirkt haben. Nach dem Betreten der Wohnung rissen wir zuerst alle Fenster auf. Es war uns unverständlich, wie er bei diesem schönen, sommerlichen Wetter alles so verschlossen haben konnte. Wir vergaßen dabei, dass sich ja andauernd die Nachbarn über den penetranten Geruch aus seiner Wohnung beschwerten.In jeder Ecke gab es etwas zu tun und kurz waren wir überfordert, wo wir beginnen sollten. Nachdem wir einige Minuten beratschlagt hatten, machten Tanja und Julia sich zuerst über das Bad her. Fabian und ich begannen, die kaputten Sachen aus der Wohnung zu tragen und im Treppenhaus und Hauseingangsbereich zwischenzulagern. Innerhalb kurzer Zeit rann uns allen der Schweiß den Rücken hinunter. Herr Kengelbach musste während der ganzen Aktion von einem Raum in den anderen ausweichen. Stand er uns beim Abtransport der Möbel im Weg, störte er anderweitig im Bad bei den dort laufenden Reinigungsarbeiten. Doch trotz des ganzen Gewusels, der Umstände und der Hektik machte der alte Herr auf mich einen sehr gelösten Eindruck. Ganz im Gegensatz zu meinen beiden Frauen. Julia wäre am liebsten davongelaufen, aber dank guten Zuredens ihrer Mutter kämpfte sie sich tapfer durch den Schmutz.Draußen türmten sich bald die alten, kaputten und total abgenutzten Gegenstände, traurige Überreste eines einsamen Lebens. Klar, dass dies nicht unbemerkt blieb, und als Erstes erschien dann auch Frau Brocken auf der Bildfläche. Unbändige Neugier schrie förmlich aus ihrem Gesicht und ihrem Auftreten. Ich hatte nicht die geringste Lust, mich während der Aktion dem Fragenkatalog dieser Frau zu stellen. Dennoch begrüßte ich sie kurz, machte aber keine Anstalten, stehen zu bleiben, als sie mich mit der ersten Frage: »Zieht Herr Kengelbach etwa aus?«, konfrontierte.Noch im Laufen antwortete ich, dass weder bei Herrn Kengelbach noch bei der von ihr gemieteten Wohnung eine Veränderung geplant sei. Lediglich ein paar Verbesserungen würden durchgeführt.Sichtlich enttäuscht darüber, dass ich ihr nicht ausführlicher Rede und Antwort stand, drehte sie sich um und ging nach oben.

»Das ist auch dringend nötig, dass bei dem mal ausgemistet wird«, bemerkte sie noch bissig.Ich taufte diese Dame in Gedanken kurzerhand in Frau Kotzbrocken um.

Ein Hupen schreckte mich auf. Ich lief auf die Straße und ein mit osteuropäischem Akzent sprechender Mann erklärte mir, dass er wegfahre, um weiter oben an der Straße gelagertes Baumaterial umzuschichten, sodass wir den Transporter aus dem Halteverbot näher am Hauseingang parken könnten. Ich war platt darüber, dass dieser wildfremde Mensch von sich aus bereit war, uns mit diesem freundlichen Hinweis die Arbeit zu erleichtern. Herzlich bedankte ich mich bei dem Mann.

»Ist klar, wenn man umzieht, hat man viel zu schleppen«, meinte er.

Ich erklärte ihm kurz unsere Aktion und der Mann war freudig überrascht und fand unsere Hilfe großartig. Er stellte sich als Marek vor.»Falls Sie jemanden zum Schleppen brauchen und ich habe gerade Zeit, rufen Sie mich. In einer halben Stunde bin ich wieder hier. Ich helfe gerne. Das ist toll, was Sie hier machen, dass Sie diesem Mann helfen!« Mit »Daumen hoch« verabschiedete er sich und stieg in sein Fahrzeug. Ich winkte ihm nach und war begeistert, dass dieser scheinbar einfache Bauarbeiter Anteil nahm und so umsichtig war. Sofort parkte ich den Transporter um und ging wieder ins Haus.Herr Kengelbach musste an diesem Tag auf sein geliebtes Mittagsschläfchen verzichten. Fabian holte Pizza für uns alle und wir verspeisten sie gemütlich im gut gelüfteten Wohnzimmer. Die Augen unseres Mieters strahlten. Man sah ihm an, wie wohl er sich in der Runde fühlte. Selbst Julia hatte sich mittlerweile an die Situation gewöhnt, nachdem sie ihren Ekel ein paar Mal hatte überwinden müssen.Wir waren ziemlich laut, damit Herr Kengelbach unsere Unterhaltung mithören konnte, und er selbst beteiligte sich auch rege. Bevor uns dann die Müdigkeit jegliche Lust nehmen konnte, machten wir weiter. Waschmaschine und Fernseher wurden angeschlossen und programmiert. Die Matratze gewechselt und Tisch und Stühle in Position gebracht. Die Böden waren gewischt und die Kacheln strahlten sauber, ebenso die Küchenkästen.Das alte und kaputte Mobiliar war im Transporter verstaut. Es wäre noch einiges zu tun gewesen, aber wir hatten unsere Grenzen erreicht. Auch bei Herrn Kengelbach zeigte sich Erschöpfung ob dieses ungewöhnlichen Tages. Nacheinander verabschiedeten wir uns und als ich an der Reihe war, umarmte mich der alte Mann plötzlich mit Tränen in den Augen. Ich spürte förmlich, wie sich wieder ein Stachel aus meinem Kaktusherzen löste, schluckte meine Rührung hinunter, drehte mich um und lief hinter den anderen her zu den Autos. Hintereinander fuhren wir wieder nach Hause. Diesmal saß Fabian neben mir auf dem Beifahrersitz. So viel Zeit hatten wir schon lange nicht mehr miteinander verbracht. Seit seiner Pubertät lebte er sehr zurückgezogen, saß viel am Computer und spielte Spiele, mit denen ich nichts anfangen konnte.Zu Hause, beim Abendessen ließen wir den Tag Revue passieren. Es war allen klar, dass weitere Einsätze folgen würden. Um die 300 Euro hatte uns die Aktion bisher gekostet. Wir beschlossen, dies Herrn Kengelbach nicht zu sagen, da wir vermuteten, dass seine Ersparnisse nicht sehr hoch sein konnten. Und viel mehr würde es nicht werden, da wir kaum mehr etwas kaufen mussten. Ein Staubsauger stand noch auf der Liste, der Rest war Arbeit.

»Die Vorhänge müssen gewaschen werden«, sagte Julia.

»Der Kleiderkasten gehört sortiert und ausgemustert«, meinte Tanja.

»Die Schreibtischtür muss repariert werden und die Fensterdichtungen erneuert«, setzte ich hinzu.»Da werden wir wohl nächsten Samstag noch mal ranmüssen«, seufzte Fabian. »Aber es war schön, zu sehen, wie der Kengi auftaute.«

Nun hatte Herr Kengelbach seinen Spitznamen weg. Die ganze Woche über gab es kaum ein anderes Gesprächsthema. Tanja besorgte Müllsäcke, da sie wahrgenommen hatte, dass seine Kleidung in vielen Teilen stark verschlissen und abgetragen war. Zudem war vieles durch das Fehlen der Waschmaschine stark verschmutzt und hatte diesen unangenehmen Geruch.Diesmal standen wir ohne Ankündigung vor seiner Tür, da wir mittlerweile wussten, dass unser Mieter sowieso die meiste Zeit des Tages zu Hause verbrachte. Erstaunt öffnete er. Mit uns hatte Herr Kengelbach an diesem Tag nicht gerechnet, aber wir durften trotzdem eintreten. Bevor er sich versah, hatten Tanja und Julia den Schrank geöffnet, breiteten die Kleidungsstapel auf dem Bett aus und baten ihn, sich die Sachen rauszusuchen, die er gerne behalten wollte. Diese Auswahl wurde von meinem Schatz kritisch begleitet, allerdings in neunzig Prozent der Fälle abgelehnt.»Aber diese Hemden sind Ihnen doch viel zu groß«, meinte sie. »Wann haben Sie die denn das letzte Mal getragen?«

»Die sind von meinem Vater«, erklärte der betagte Mann. »Er hat doch in der Bank gearbeitet, da musste er immer tadellos gekleidet sein.«Ich betrachtete das Bild seiner Eltern auf dem Schreibtisch, dessen Tür ich gerade reparierte. Da sich die beiden lautstark unterhielten, bekam ich von dem Diskurs jedes Wort mit. Zu Lebzeiten hatte Karl Kengelbach seinen Sohn sicherlich um anderthalb Kopfgrößen überragt. Zu keiner Zeit dürften ihm die Kleidungsstücke seines Vaters gepasst haben, trotzdem hatte er sie aufbewahrt.Nun sortierte meine Frau mitleidslos aus.

»Auch diese Hosen sind Ihnen viel zu groß«, setzte sie fort. »Und vierzig Paar gestrickte Socken braucht auch niemand.«

Nach und nach füllten sich die Säcke und schließlich waren sie vollständig gefüllt. Allerdings war der Kleiderschrank noch halb voll. Weitere Stapel, bestehend aus Pullovern, Poloshirts, Pullundern, Jacken, kurzen und langen Hosen, Unterwäsche, Bettwäsche und Handtüchern, mussten noch durchforstet werden. Herr Kengelbach hatte mittlerweile Gefallen an der Räumungsaktion gefunden, schlurfte in den Keller und kam mit weiteren Müllsäcken in die Wohnung zurück. Wir hatten den Eindruck, als würde mit jedem Stück entsorgter Kleidung ein Stückchen Last von seinen Schultern abfallen. Es gefiel ihm merklich, wieder Menschen um sich zu haben, einer Aufgabe nachzugehen und dabei Erinnerungen auszugraben.»Oh nein, diese Tischdecke hat meine Mutter selbst mit Stickereien verziert«, rief er plötzlich. »Die habe ich ja schon seit Jahren nicht mehr gesehen«, rettete er das gute Stück vor der Vernichtung. Julia warf sie mit den Vorhängen aus dem Wohnzimmer in die Waschmaschine.Schlussendlich blieb von seiner Kleidung kaum etwas übrig. Wie ein Häufchen Elend nahmen sich die verbliebenen Sachen im Kasten aus.»Wir müssen einfach passendere Sachen besorgen, Herr Kengelbach«, sagte Tanja zu ihm.»Ich werde mich darum kümmern, wenn es Ihnen recht ist.«Der Mann nickte bedächtig. Es blieb ihm auch nichts anderes übrig, wenn er zukünftig nicht nackt auf die Straße wollte.Wieder war ein großes Stück Arbeit in der Wohnung geschafft und wir fuhren zufrieden heim.»Eigentlich müssten ihm die Sachen von deinem Vater passen«, überlegte Tanja.Ich bog auf die Straße nach Bischweier ein und gab Gas. Neben der Straße blühte ein Rapsfeld in üppigem Gelb und ich überholte einen Traktor, der gemächlich vor sich hin tuckerte. Es war keines dieser Riesengefährte, die ansonsten über den Asphalt bretterten. Zu Hause angekommen, rief ich meine Mutter an, erzählte ihr von unserem Tageswerk und erklärte ihr mein Anliegen, Herrn Kengelbach passende Kleidung zukommen zu lassen, da er und mein Vater eine ähnliche Kleidergröße hätten.»Paps hat doch sicher ein paar Sachen über, die er entbehren kann«, sagte ich zu ihr. Begeistert von diesem Vorschlag und unserem Einsatz, stimmte sie zu. Vier Tage später brachte der Briefträger ein Paket. Fünf dünne Pullover, vier Hosen und drei Flanellhemden lagen darin. Auch ich durchforstete meinen Kleiderschrank und wurde fündig. Ein paar Shirts, zwei Strickjacken und ein Bademantel wechselten den Besitzer. Tanja besorgte noch neue Unterwäsche im Einkaufscenter und innerhalb von fünf Tagen war Herr Kengelbach frisch ausgestattet und eingekleidet. Nun mussten wir ihm die Sachen nur noch bringen. Damit wir ihn nicht wieder überfielen, fragte ich schriftlich um einen Termin an. Vier Tage später kam seine Karte.

Sehr geehrte Familie Keßner,
habe heute Ihre Nachricht dankend erhalten. Ich wäre mit dem Termin am Donnerstag, den 18.8.2011 einverstanden.Freue mich, dass ich nun einen Staubsauger und neue Kleidung bekomme. Das Bücherregal habe ich schon bis zur Hälfte ausgeräumt und die Bücher, die ich nicht mehr be-

nötige, in vier Kartons verpackt. Also bis zum nächsten Treffen, wünsche Ihnen bis dahin alles Gute. Somit verbleibe ich mit freundlichen Grüßen
    Rolf Kengelbach

PS: Leider bin ich zurzeit in Not geraten, finanziell, habe kaum Geld, wenn Sie mich etwas unterstützen könnten und 50 Euro auf mein Konto bei der Sparkasse überweisen, wäre ich Ihnen sehr dankbar. Wenn ich es wieder kann, werde ich es Ihnen sofort zurückbezahlen. Tue es ja nicht gerne, um Geld zu betteln, aber was soll ich sonst tun.

B.-Baden, den 9.8.11

Sehr geehrte Fam. Keßner!

Habe heute Ihre Nachricht dankend erhalten.
Ich wäre mit dem Termin am Donnerstag,
den 18.8.11 einverstanden.
Freue mich, daß ich nun eine neue Waschmaschine
u. d. einen Staubsauger bekomme.
Den Bücherregal habe ich bis zur Hälfte schon
ausgeräumt, und die Bücher, die ich nicht mehr
benötige, in 4 Kartons verpackt.
Also, bis zum nächsten Treffen, wünsche Ihnen
bis dahin alles Gute.
Somit bin ich seit

N.S.   freundlichen Grüßen
Leider bin ich z. Zt.
in Not geraten, finanziell,   R.- Kengelbach
habe kaum Geld, wenn Sie
mich etwas unterstützen
könnten, und 50.- Euro
auf mein Girokto 388925 4
b. d. Bad. Beamtenbach Bgg.
BLZ 66090800 überweisen wäre ich Ihnen sehr dankbar, wenn ich
es wieder kann, werde ich es Ihnen sofort zurück bezahlen. Tue es ja nicht gerne, um Geld zu betteln, aber was
soll ich sonst tun.

Fassungslos und betroffen las ich die Karte ein zweites Mal. Es war zwar offensichtlich, dass er finanziell nicht gut aufgestellt war, aber dass er nun aus heiterem Himmel um Geld bat, hatte ich nicht vorausgeahnt. War es ein Fehler gewesen, uns auf diesen Mann einzulassen?

Rolf

Stille legt sich wieder über alles, nachdem die Familie Keßner gegangen ist. Stille, wie ich sie seit eh und je gewohnt bin. Ich sehe umher. Durch das blitzblanke Fenster blinzelt die Abendsonne, die ihren Schimmer langsam über die Dächer der Stadt legt. Der Vorhang hat wieder seine mintgrüne Farbe anstatt des fahlen Staubgrüns. Der Tisch und die Stühle nehmen sich noch fremd aus. Vier Stühle. Wie für die gesamte Familie Kengelbach hingestellt. Der Ohrensessel ist geblieben, mit einer frischgewaschenen Decke als Überwurf. Der alte Schreibtisch glänzt wie früher, nachdem Herr Keßner die Türe, die beim Umzug ins Erdgeschoss kaputt gegangen war, repariert und Fabian ihn mit Politur zum Strahlen gebracht hat. Mich freut das Licht, doch ich knipse es nicht an. Es verbraucht Strom. Und Strom kostet Geld. Und Geld kommt erst am Anfang des Monats wieder. So schön hatte ich mir damals mein Leben vorgestellt, als ich, wieder gesund, aus dem Sanatorium nach Hause durfte. Ich fühlte mich stark und war bereit, neu zu starten. Doch wohin sollte ich mit meiner erwachten Lebenslust?

Eines Tages nahm mich Vater mit zum Arbeitsamt, wo mittels einiger Fragebögen meine Fähigkeiten und Schwächen ermittelt werden sollten. Ich hätte einen guten Farbensinn und Freude im Umgang mit Pflanzen und Tieren. Was sollte man aber damit anfangen?»Ich möchte Gärtner werden«, rutschte es spontan aus mir heraus. Ich hatte die Bilder von meiner Arbeit in der Parkanlage der Klinik in Emmendingen vor meinem geistigen Auge.Herr Reif, der Berater, nickte bedächtig. »Ein guter sowie auch vielseitiger Beruf. Vom Gemüseanbau über Staudengärtnerei, Baumschule, Garten- und Landschaftsbau bis zur Friedhofsgärtnerei kann man sich je nach seiner Neigung das Aufgabenfeld aussuchen. Und in unserer Stadt werden fleißige Leute gebraucht, bei den vielen schönen Gartenanlagen, die wir haben.«Vater schaute skeptisch.»Der Junge ist schwach«, wandte er ein. »Außerdem hört er schlecht.«

Herr Reif überging diese Einwände einfach und schlug uns die Bäder- und Kurverwaltung vor, Abteilung Gartenbau. Auf dem Nachhauseweg achtete ich ganz genau auf die Blumenrabatten am Wegesrand, auf den Baumbestand und überhaupt die ganze florale Gestaltung der Stadt. Alles sah sehr gepflegt und gut aufeinander abgestimmt aus. Es blühte, die Wege waren sauber und das Grün zwischen den grauen und bunten Häuserzeilen versprühte einen angenehmen Zauber.Ein paar Tage später machten sich meine Mutter und ich auf den Weg zu Gartenbaudirektor Rieger. Ich stellte mich vor, gab meine Bewerbung ab und er versprach, uns in den nächsten Tagen Bescheid zu geben. Wie es der Zufall wollte, traf Herr Rieger meinen Vater am Sparkassenschalter und stellte im Gespräch fest, dass ich sein Sohn war. Somit war meine Anstellung schnell besiegelt. Am 11. September 1961 begann ich meine Probezeit in der Gärtnerei. Nach einem halben Jahr wurde ein Arbeitsvertrag als Hilfsarbeiter unterzeichnet, da ich dem Beruf des Gärtners nicht ganz gewachsen war. Mein Vater sollte also recht behalten mit seinem Einwand, aber eine Arbeitsstelle hatte ich trotzdem und zwar eine, die mir gefiel. Endlich etwas, was mir Spaß machte, wie ich es damals im Sanatorium schon erlebt hatte. Im Winter musste ich die Frühbeetfenster putzen und streichen sowie die Gärtnertische und Parkbänke, welche abgebaut wurden, damit sie nicht so schnell verwitterten. Pflanzen wurden vorgezogen, um im Frühjahr ausgepflanzt zu werden. Im Folientunnel war es immer schön warm, wenn auch stickig und feucht. In den langen Reihen spross langsam das erste Grün hervor. Es war eine Freude, diesem Wachsen und Gedeihen zuzusehen und Teil von dieser Schöpfung zu sein. Mit den Arbeitskollegen kam ich gut aus, es wurde nicht allzu viel gesprochen. Man kannte seine Aufgaben mit der Zeit und in den Pausen gab es genug Gelegenheiten, miteinander zu scherzen.es war eine unbeschwerte Zeit. Zumindest während der Arbeitszeit.zu Hause machte uns die Mutter Sorgen. Sie entwickelte immer wieder Krankheiten. Mal hatte sie eine Lungenentzündung, dann musste man ihr den Blinddarm rausnehmen. Am fünfzigsten Geburtstag des Vaters bekam sie nach der Feier eine Gallenkolik, sodass sie abermals ins Krankenhaus musste, aus dem sie doch erst vor zwei Wochen entlassen worden war, nachdem man sie wegen anhaltender Bauchschmerzen untersucht hatte. Wahrscheinlich hatte ihr die Torte nicht gutgetan. Oder die Begrüßung ihres Großonkels Helmut.

»Na, Ilse, wo ist denn dein Angegrauter?«, fragte er und klopfte ihr kräftig auf die Schulter. Die Umstehenden lachten lauthals, aber meine Mutter schaute grimmig. Sie war selten zu Scherzen aufgelegt. Schon als Kind war sie immer sehr ernst. Da sie keine Geschwister hatte, wurde sie ziemlich verwöhnt, musste aber auch in allen Dingen als Vorzeigekind glänzen. Sie war sehr begabt, spielte Geige und Klavier und schrieb Gedichte. Sie besuchte die Klosterschule zum Heiligen Grab bis zur Mittleren Reife und anschließend die Fortbildungsschule. Einen Beruf ergriff sie nie, da sie in der Tanzschule meinen Vater kennenlernte und nach der Heirat ausschließlich für ihn und für uns Kinder da war. Nach ein paar Fehlgeburten war sie froh, als endlich Susanne kam und nach einigen Jahren ich.Den Geburtstag feierten wir in einem vornehmen Café. Schwere Brokatvorhänge hingen seitlich an den Fenstern und die rotgepolsterten Stühle vor den Mahagonitischen sahen sehr vornehm aus. Vater hatte auch die Kollegen von der Bank eingeladen. Damals ahnte ich noch nicht, wie schwierig die Zeit mit ihnen werden würde. Ich war knapp 17 Jahre alt und kurz vor meinem Arbeitsantritt in der Bank.

Susanne schäkerte vorsichtig mit dem Oberkellner und ich

musste mich zu Großonkel Friedrichs Frau Irmtraud setzen. Die erzählte mir lang und breit, wer in Freiburg nach dem Krieg in die Häuser zog, die ausgebombt waren. Der Krieg war nach wie vor in aller Munde, obwohl es in Deutschland steil bergauf ging zu der Zeit. Die Leute waren in Aufbruchsstimmung und guter Hoffnung, dass nun eine lange Weile Frieden herrschen würde.

Immer wieder musste die Mutter auf Kur gehen, so wie nach ihrer Unterleibsoperation oder nach ihren Nierenbeckenentzündungen. Dann erledigte Susanne den Haushalt und ich half ihr. Vater war der uneingeschränkte Herrscher im Hause. Mutter tat alles, damit er zufrieden war. Selten widersprach sie ihm. Erst später dachte ich mir, dass ihre vielen Krankheiten vielleicht ein stiller Protest gegen seine Allmacht waren. Seine Reisen an den Bodensee wurden häufiger. Manchmal nahm er uns mit, öfter fuhr er alleine. Auch das schmerzte meine Mutter, aber sie konnte nichts dagegen tun. Ich nahm mir das aber eines Tages auch vor und meinen ganzen Mut zusammen und fuhr alleine mit dem Zug nach Meersburg. Was für eine schöne Stadt! Auch Lindau gefiel mir immer wieder sowie die energiegeballte Kraft des Bodensees. Sooft es ging, machte ich eine Schiffsfahrt mit. Mir gefielen die Schaukelei und die Geselligkeit der kleinen, bunt zusammengewürfelten Gesellschaft auf Deck. Ich konnte mich herrlich entspannen, wenn ich bei einem Kaffee saß und auf die Wellen hinausschaute. Das machte mir Spaß, ob die Sonne schien oder der Regen herunterpeitschte. Immer öfter träumte ich von einer größeren Schiffsreise und legte dafür jeden Monat einen kleinen Geldbetrag zur Seite. Ich musste aber auch zur Wohnung beisteuern, denn als wir in die Bismarckstraße zogen, wurde die Miete empfindlich teurer. Zu verdanken hatten wir das Susanne. Die war mittlerweile ständig zu Hause, fand nachts oft keinen Schlaf und hörte alles zu gut. Zu alledem ergab sich, dass die Mieter über uns ein Haus in Haueneberstein erwerben konnten und auszogen. Eine Dame aus der Schweiz zog mit ihrem Sohn und einem Cockerspaniel ein. Abends trieb der Sohn sich meistens irgendwo herum und die feine Dame stellte ihr Fernsehgerät auf vollste Lautstärke, so dass selbst ich jedes Wort verstand. Es quälte uns jede Nacht und verhinderte das Einschlafen. Da fasste sich Susanne eines Tages ein Herz und ging kurz vor Mitternacht hinauf. Sie läutete und das kleine Guckfensterchen in der Tür wurde auf- und wieder zugeschlagen. Susanne läutete abermals, so lange, bis die Tür aufgerissen wurde. »Sind Si immer no do, Si schtörrischs Wyyb. Haue Si ab oder ich ghei Si d'Schtäge ab, denn sind Si tot. Oder no besser, ich jag dr Hund uf Si los.« Übersetzung: »Ja, sind Sie immer noch da, Sie störrisches Weibsbild, machen Sie, dass Sie fortkommen, oder ich werfe Sie die Treppe hinunter, dann sind Sie hin oder besser, ich hetze den Hund auf Sie.« Die Frau trat auf Susanne zu und packte sie am Arm. Diese brachte vor Schreck kein Wort heraus, riss sich los und sprang die Stufen hinunter. Mutti und ich nahmen sie in Empfang. Vater war in Überlingen auf einer Reise, sonst hätte er die Sache übernommen. »Ich geh zur Polizei«, stotterte Susanne atemlos. »Morgen geh ich zur Polizei und mach eine Anzeige.« Damit drehte sie sich um und ging in ihr Zimmer. Ich legte mich ebenfalls schlafen und ließ mich von den Lauten aus der oberen Wohnung, die keineswegs leiser wurden, in den Schlaf wiegen. Tags darauf begleitete die Mutter Susanne zur Polizei, welche die beiden Frauen schnell abwimmelte. »Wenden Sie sich an die Hausverwaltung«, meinte einer der Polizisten gleichgültig. »Das ist keine Morddrohung, allenfalls eine kleine Nötigung.«

Zerknirscht versuchten sie ihr Glück bei der Vermieterin. »Das dürfen Sie nicht so tragisch nehmen«, sagte diese, während sie Kaffee in die Tassen schenkte. »Verstehen Sie mich nicht falsch, aber wäre es nicht besser, Sie würden sich in aller Ruhe etwas anderes suchen? Die Wohnung ist doch inzwischen für vier erwachsene Personen viel zu klein.«

Zutiefst deprimiert kamen die beiden am Abend wieder nach Hause und ließen sich auf den Diwan fallen.»Wir warten, bis Vati wieder da ist«, sagte die Mutter. »Was anderes können wir sowieso nicht tun.« Es wurde ein tieftrauriger Abend und es ging rücksichtslos weiter mit dem Gebrüll des Fernsehers von oben. Es halfen weder das gute Abendessen, dessen Duft mich in die Küche lockte, noch das Einschalten des eigenen Fernsehers.Als Vater wieder da war und die Geschichte hörte, wurde gemeinsam beschlossen, in der Zeitung jeden Tag die Anzeigen zu studieren. Eines Tages war es dann so weit, eine Vierzimmerwohnung war inseriert. Die Eltern erkundigten sich danach und Mutter stellte fest, dass die Frau des Vermieters eine ehemalige Schulkameradin von ihr war. Adele Fuhr freute sich riesig und so beschloss der Weinhändler Adolf Fuhr, uns die Wohnung zu vermieten. Sie war im obersten Stock eines wunderschönen Bürgerhauses. Die Zimmer waren zwar klein, aber die Nachbarschaft sehr freundlich. Bald gewöhnten wir uns an die Umstände, genossen die neue Ruhe und lebten uns gut ein.

Nach der Arbeit las ich immer wieder in Büchern von Menschen, die Schiffsreisen unternahmen. Meine Sehnsucht wurde größer. Ich wollte aufs Meer. Der Bodensee, schön und gut. Mal mit dem Dampfer auf der Donau entlang, auch wunderbar. Aber das offene, wilde Meer ... Unvorstellbar. Ich drehte den Globus jeden Abend herum. Eine Kreuzfahrt im Mittelmeer, überlegte ich. Oder in der Karibik?Dann erzählte Kurt Moster, der Chef der Alleekolonne, von seinen Angelreisen nach Norwegen und der Schönheit dieses Landes. Ich erkundigte mich bei einem Reiseunternehmen und tatsächlich, Hermann-Reisen plante mit einer Reisegruppe eine Nordkapreise. Drei Wochen sollte diese dauern. Ich meldete mich an. Dann ersuchte ich um Urlaub und erst danach erfuhr es meine liebe Familie, denn ihre Reaktionen waren vorhersehbar.

»Was willst du denn ganz alleine mit wildfremden Menschen da in den Norden hinauffahren?«, schimpfte Susanne mich aus. »Bist du verrückt geworden?«

»Du hörst ja gar nicht, über was die sich unterhalten oder wenn was passiert, Rolfi!«, sorgte sich Mutti.

»Junge, ich weiß nicht, ob du dich da nicht übernimmst«, meinte der Vater.Der »Junge« war da einunddreißig Jahre alt. Ich musste mir noch so allerlei anhören, von meiner Familie, aber auch von den Arbeitskollegen. Die waren allerdings neidisch. Und nahmen es mir übel, dass ich mich drei Wochen aus dem Staub machen wollte. Aber ich ließ mich nicht verdrießen. Zwei Monate davor kaufte ich mir ein Hörgerät. Es war allerdings sehr schwierig, damit umzugehen. Ich konnte mich nicht damit anfreunden, dass da ständig etwas hinter meinem Ohr klemmte. Und wenn es nicht gut eingestellt war, quietschte es fürchterlich. Obwohl ich nun besser hörte, musste ich mich weiterhin anstrengen, besonders wenn mehrere Menschen durcheinandersprachen. Meistens führte ich das Gerät in meiner Tasche mit und setzte es nur ein, wenn es unbedingt nötig war.Ich freute mich auf meine Reise, bis es eines Tages tatsächlich losging. Es war Juli 1970. Plötzlich hatte ich Angst vor meinem eigenen Mut. Ich stand vor dem offenen Koffer und wusste nicht, was ich alles mitnehmen sollte.»Den Pass nicht vergessen!«, mahnte mich Vati.»Nimm Waschpulver mit, dann kannst du unterwegs die Sachen auswaschen und musst nicht so viel einpacken. Für drei Wochen braucht man ja doch einiges«, schlug Mutti vor.Schlussendlich hatte Susanne Erbarmen mit mir und wir packten gemeinsam das Wichtigste, wofür ich ihr sehr dankbar war. Vater brachte mich zum Zug, mit dem ich nach Bruchsal fuhr und dann weiter nach Kiel. Dort traf ich mit den anderen 24 Teilnehmern unserer Gruppe zusammen, was mich ziemlich nervös machte. Hauptsächlich waren es Ehepaare, aber auch vier allein reisende Frauen und zwei Männer, zusammen mit mir. Wir begrüßten uns freundlich. Manche schienen sich zu kennen. Wie ich später feststellte, waren sie schon öfter gemeinsam vereist. Es war ein aufgeregtes Schwatzen und Gelächter. Alle waren voller Vorfreude.Wir bestiegen die Fähre nach Oslo, nachdem unser Reiseführer uns dazu aufgefordert hatte. Mit einem lauten Tuten legte sie ab. Aus zwei Schornsteinen stieg schwarzer Rauch auf. Es begann zu stinken, aber ich ignorierte es und sah fasziniert zu, wie sich das Schiff langsam aus dem Hafen schob. Leider kam kurz nach dem Ablegen die Reiseleitung auf mich zu, um mir meine Kabine zuzuweisen. Ich hatte eine gemeinsam mit dem anderen alleinstehenden Herrn, Rupert Fischer. Nach einer kurzen Unterhaltung machte ich mich sofort wieder auf den Weg an Deck, nachdem ich meinen Koffer in der engen Kabine abgestellt hatte. Ich wurde nicht müde, der verschwindenden Stadt nachzuschauen und dem offenen Wasser entgegenzustarren. Schließlich wurde zum Mittagessen gerufen. Wir setzten uns in den Speisesaal und bekamen Fisch serviert. Den ganzen Nachmittag durchwanderte ich das Gefährt. Nach dem Abendessen gab es eine kleine Darbietung. Ein Zauberer führte seine Kunststücke vor. Es war amüsant und machte schließlich müde. Ich konnte gut schlafen, kam mir vor wie in einer Wiege durch die sanfte Schaukelei, allerdings beschwerte sich Herr Fischer, dass ich ziemlich schnarche. An das musste er sich aber jetzt gewöhnen, da wir auf dieser Reise Zimmergenossen bleiben würden.

Am nächsten Morgen nach dem Frühstück erreichten wir Oslo. Langsam fuhr die Fähre in den Hafen. Ein Bus holte unsere kleine Reisegruppe ab und brachte uns zu einem Hotel. Zwei Tage sahen wir uns die Stadt an, die ganzen Sehenswürdigkeiten und die nähere Umgebung, auch die Wachablöse am königlichen Palast. Es war faszinierend, wie exakt diese erfolgte, genau um 13 Uhr 30. Seit 1856 stand die norwegische Garde vor dem Schloss. Diejenigen, welche einen Fotoapparat dabeihatten, knipsten wie verrückt. Ich musste mir die Bilder in meinem Kopf einprägen, vor allem beeindruckte mich die wunderschöne Gartenanlage. Als Fachmann kannte ich ja die viele Arbeit, die dahintersteckte.das Friedenszentrum von Nobel sahen wir von außen, aber die Festung Akershus besichtigten wir auch innen. Am Nationaltheater kamen wir vorbei und an vielen Geschäften, wo es Souvenirs zu kaufen gab. Mich interessierte das allerdings weniger. Zum Glück musste ich nur drei kleine Geschenke besorgen, aber damit wollte ich noch etwas warten. Die anderen stürzten sich auf den Ramsch, und die Taschen füllten sich.Im Osten von Oslo befand sich der mittelalterliche Teil, welcher im Jahre 1624 abgebrannt war. Wir sahen Ruinen, die Statue vom Wikingerkönig Harald III. und die bunten Holzhäuser von Kampen. Rote, gelbe, blaue Häuser schmiegen sich hier eng aneinander. Im Museum konnten wir ein restauriertes Wikingerschiff bewundern und die Geschichte dieses wilden Volkes kennenlernen. Mein Kopf schwirrte von den vielen Informationen. Ich war so viel turbulentes Leben nicht gewohnt, fiel abends todmüde ins Bett und schlief bald ein.Der Bus brachte uns nach diesen zwei intensiven Tagen wieder zum Hafen und dort buchten wir uns in den Dampfer »MS Kong Olav« ein. Er war beeindruckend, wenngleich überschaubar. Wir waren ungefähr 500 Passagiere aus verschiedensten Nationen. Nun ging es los, Richtung Bergen, von wo aus wir die Hurtigruten-Route entlangfahren würden, welche in Bergen begann. Über 2700 Kilometer führte diese traditionelle Postschifflinie seit 1893 an der norwegischen Westküste entlang und verband die Orte. Wieder verbrachte ich die meiste Zeit an Deck, außer wenn es mir zu windig wurde. Mit meinem Mitbewohner pflegte ich eine angenehme, aber nicht sehr innige Bekanntschaft. Wir saßen beim Essen am selben Tisch und auch die Abendunterhaltung sahen wir uns gemeinsam an. Ansonsten ging jeder seiner Wege. Auch er war ein eigenbrötlerischer Alleingänger, mir nicht ganz unähnlich. Zwischendurch überfiel mich manchmal heftiges Heimweh. Ganz unrecht hatte

Susanne nicht mit ihrem Einwand der vielen fremden Menschen. Mit manch einem kam ich kurz ins Gespräch, aber meistens ging ich den Ansammlungen aus dem Weg. Nur wenn unser Reiseleiter seine Vorträge über Land, Städte und Leute Norwegens hielt, war ich gerne dabei und hörte interessiert zu. Ich versuchte, eher am Rande zu sitzen, da ich dort nicht so von Nebengeräuschen abgelenkt war und besser auf den Mund des Vortragenden schauen konnte, was ich trotz des Hörgerätes noch immer machte.In der Stadt Bergen gefiel mir besonders der Pier mit den bunten, mit Holz verkleideten Bootshäusern im Viertel Bryggen. Auch die engen, mit Kopfstein gepflasterten Gassen begeisterten mich. Insgesamt eine eindrucksvolle, nette Stadt. Weiter ging es dann in den Norden, Richtung Trondheim. Wieder eine Stadt mit gepflegtem Erscheinen und entspannten Einwohnern. Hier kaufte ich eine Tasse für Susanne, mit der königlichen Familie darauf. Wenn sie in ihren Zeitschriften blätterte, schwärmte sie immer von den Königshäusern Europas und ihren Geschichten.Wir sahen uns den Nidarosdom an, eine gotische Kathedrale. Im Innenraum befanden sich zwei Orgeln und eine leuchtende Fensterrosette mit lilafarbenen Glaselementen, die ein meditatives Licht in die Kirche warf. Wir sprachen als Gruppe ein Gebet und dann versank jeder Einzelne in ein Gespräch mit Gott. Mein Glaube war sehr kindlich. Ich dankte für die Reise und bat um ein gutes Heimkommen. Von der Kirche gingen wir zur Gamle Bybro. Das ist die alte Stadtbrücke, von dort hatte man eine schöne Sicht auf weitere bunte Häuser, die rechts und links des Flusses Nidelva angesiedelt waren. Im Stadtteil Bakklandet nahmen wir unser Mittagessen ein. Auch hier schöne Gassen mit bunten Häusern. Weiter ging es zur Festung Kristiansten, dabei bestiegen wir einen kleinen Hügel bis zu den Teilen, die nur noch als Ruinen erhalten waren, von wo aus wir einen wunderschönen Blick auf die Stadt hatten. Erschlagen von dem langen Tag, kam ich zurück zum Schiff.Wir blieben über Nacht im Hafen und legten erst am nächsten Tag wieder ab, damit wir auf der Weiterfahrt die imponierenden Fjorde bestaunen konnten. Hammerfest lag auf unserer Route und Tromsø. Von dort aus machten wir eine Busfahrt ins Landesinnere. Wir kamen an Seen vorbei und dichten Wäldern. Und während wir so dahinfuhren, lief plötzlich ein weißes Rentier über die Straße. Ich erblickte es im letzten Augenblick, bevor es wieder im Gestrüpp verschwand. Der Busfahrer bremste stark ab und niemand griff zum Fotoapparat, da wir alle von dieser Erscheinung überrascht wurden. Auf der Rückfahrt zum Schiff blieb diese Begegnung das einzige Thema.

Die Mitternachtssonne machte die Nächte taghell und ich konnte kaum glauben, dass es nicht dunkel wurde. Ich wartete mehrmals bis in die tiefe Nacht hinein. Dafür schlief ich dann am Tage mal ein paar Stündchen. Schließlich erreichten wir das Nordkap. Auch hier war es wunderschön. Wir besuchten die Kirche von Honningsvåg, standen am nördlichsten Punkt Europas, gingen ins Nordkapmuseum und schauten von hohen Steinfelsen über das Meer. Dort erlebte ich auch meinen persönlichen Höhepunkt der Reise. Ich bekam auf der Rückfahrt mit den anderen Passagieren das »Certificate of Arctic Circle« überreicht, meine Urkunde, dass ich den Polarkreis überschritten hatte. Ich, Rolf Kengelbach, hatte es geschafft, die bis dahin größte Herausforderung seines Lebens zu meistern. Darauf bin ich heute noch stolz und die Urkunde liegt in meinem Schreibtisch zuoberst auf, damit ich mich immer daran erinnere.

Die ganze Rückreise plagte mich anschließend das Heimweh, was natürlich weniger schön war. Hatte ich vorher das Nordkap als Ziel vor Augen gehabt, sehnte ich mich nun nach der Ruhe meines Zimmers, den Ritualen mit meiner Familie und meinem täglichen gewohnten Ablauf. Ich spürte meine Einsamkeit und innere Leere, weil ich sie nicht mit meinen herkömmlichen Ablenkungen füllen konnte. Auch meine Schwerhörigkeit machte mir zunehmend zu schaffen. Ich überhörte manchen Scherz und musste dann künstlich lachen, damit es nicht auffiel. Bei den Ausflügen hielt ich mich unauffällig an Rupert, damit ich mitbekam, wenn wir die Anweisung bekamen, weiterzugehen. Manche Mühsal, welche zu Hause wegfiel, war hier zu bewältigen und zu lernen. Heimweh ist ein sehr schmerzhaftes Gefühl, wie ich feststellen musste. Es zog in den Eingeweiden, drückte auf meine Schultern und holte nachts so manche Träne hervor. Die Sehnsucht, nach Hause zu kommen, wurde jeden Tag stärker.

Bevor es dann so weit war, musste ich noch die furchtbare Überfahrt mit der Fähre von Oslo nach Kiel überstehen. Es war stürmische See, unser Kahn ritt auf den Wellen, und wir Passagiere kotzten uns die Seele aus dem Leib. Ich dachte, meine Stunde zu sterben sei gekommen. Schlussendlich erreichten wir doch lebend den Hafen, alle kreidebleich im Gesicht, mit schlotternden Beinen schlichen wir von Bord. Bis ich mit dem Zug die Heimat erreichte, war ich wieder erholt und landete glücklich in meinem Heim. Die nächsten zwei Wochen hatte ich jeden Abend was zu erzählen und meine Familie hörte aufmerksam zu und bewunderte mich für meine Abenteuer.

Es war zur Abwechslung mal ein schönes Gefühl, bewundert zu werden. Allerdings traute ich mir eine weitere längere Reise nicht mehr zu. Das Heimweh hatte mich zu sehr gequält und ich fürchtete, wieder in so einen Zustand zu geraten. Meine Kurzreisen an den Bodensee und weitere Seen in Österreich mit der ganzen Familie genügten mir in den nächsten Jahren. Außerdem veränderte sich mein Arbeitsplatz und ich steckte meine ganze Energie in die Anpassung dieser Veränderungen. Aus Geldmangel wurde die Gärtnerei verkleinert und ich wurde der Alleekolonne zugeteilt. Da mussten wir die Lichtentaler Allee betreuen. Die Bäume stutzen, die Sträucher zurechtschneiden, die Blumenrabatten anlegen, Wege kehren, Rasen mähen, Schnee schaufeln und vieles mehr. Die Tage vergingen wie im Fluge. Man hatte immer was zu tun. Manchmal plagte ich mich sehr, wenn ich mit der Schubkarre schwere Steine zu transportieren hatte, aber ich biss die Zähne zusammen und schuftete mein Kreuz wund, um nicht dem Gespött der Gärtner ausgesetzt zu sein. Bei Regenwetter war es weniger lustig, hier zu arbeiten, da war es in der Gärtnerei schon feiner unter Dach. Da ich für die schwereren Arbeiten wie Bäume fällen und verarbeiten, immer weniger zu gebrauchen war, versetzte man mich eines Tages auf den Beutig. Zuerst war ich verstimmt, um nicht zu sagen verärgert. Immer musste ich die Stelle wechseln, die anderen durften bleiben. Da ahnte ich noch nicht, dass das meine schönsten Arbeitsjahre werden sollten. Der Rosengarten Beutig erstreckte sich über fast sieben Hektar und zog zahlreiche Kurgäste und Tagesausflügler an, welche die neuesten Rosenzüchtungen bewunderten. Mein neuer Chef hieß Karl Hartwig und sein Geselle, der aus Bayern stammte, Alois Holzer. Zuerst war ich erschrocken über diesen vierschrötigen, lauten Kerl. Kraft hatte er in seinen feisten Armen und seinen Bauch versteckte er unter dem grünen Arbeitsmantel. Sein Organ schallte so kräftig durch die Rosenbüsche, dass selbst ich immer wusste, wo er sich aufhielt. Seine Manieren waren nicht gerade die allerfeinsten und anfangs versuchte ich, ihm aus dem Weg zu gehen. Mit der Zeit lernte ich allerdings seine Art zu schätzen. Er machte immer wieder Scherze und brachte uns alle zum Lachen. Seinen Lieblingsspruch »Keine Rose ohne Dorn, kein Rindvieh ohne Horn« ertönte des Öfteren, wenn er mit dem Handschuh in einem Busch hängenblieb. Zu den zweien kamen noch die beiden Lehrlinge, Andreas Wiesner und Iris Brüller, sodass einschließlich mit mir fünf Personen den Beutig betreuten. Wir pflegten die Anlage mit Hingabe. Unkraut jäten, Rosen schneiden, die Bögen aufbinden, Rasen mähen, griechische Statuen aufpolieren. »Putzt du der Griechin über die Brust, vergeht der ganze Frust.« Andreas, der schüchterne Junge, lief jedes Mal rot an, wenn Alois ihn aufzog während der Putzerei. Iris kümmerte sich um die Reinigung der Lauben und liebte das Aufbinden der Rosenbögen.

»Iris Brüller, du bist der Knüller«, lobte Alois Holzer sie stets, wenn sie etwas gut gemacht hatte. Mit seinen Reimen motivierte er uns ständig, konnte uns aber auch ausschimpfen. »Rolf, wir spielen hier nicht Golf«, trieb er mich hin und wieder an. Aber ich war ihm nie böse. Dank ihm war ich endlich Teil einer Gemeinschaft, weil ich sie gut verstehen konnte, und insgeheim merkte ich, dass Alois Holzer daran großen Anteil hatte mit seiner lauten Art. Nur manchmal taten mir die neuen Lehrlinge leid, denn diese schickte er als Einstand zur Alleekolonne, um den Kotjäter zu holen. Zurück kamen sie immer mit verschiedensten, manchmal sperrigen und sehr schweren Geräten, bis sie dahinterkamen, dass es gar keinen Kotjäter gab. »Willst du entfernen diesen Kot, nimm die Schaufel hier zur Not«, lachte Alois die beschämten und verärgerten Lehrlinge kräftig aus. Ich muss zugeben, ich habe ebenfalls jedes Mal herzlich gelacht über die ulkigen Gesichter der Jugendlichen.

Rosen können zur Leidenschaft werden. Es kamen Leute, die sich über die verschiedenen Sorten informierten. Ob die Rose einen Duft hatte, wie die Rosa Alba oder die Rosa Lutea, ob sie gefüllt war wie die Gertrude Jekyll oder die Baronne Prevost, welche Farben zusammenpassten, die Größe der Blüten, ob sie Sonne oder Halbschatten lieber hatten. Welche Kletterrosen für eine Westwand geeignet waren, welche sich als Spalierbepflanzung eigneten und noch tausend Fragen mehr. Unser Chef konnte zu allem Auskunft geben. Der kannte sich aus und wenn er etwas nicht wusste, erkundigte er sich. Ich versuchte, mir so viel wie möglich zu merken, um mein Wissen an den Mann und die Frau zu bringen, aber schnell merkten die Besucher, dass ich nicht gut hörte. Es war ihnen zu mühsam, oft auch zu peinlich, so laut mit mir reden zu müssen. »Benutzen Sie doch Ihr Hörgerät«, meinte der Chef des Öfteren zu mir. »Sei froh, kannst du nicht alles hören, so können die Deppen dich nicht stören«, reimte Alois für mich und rülpste kräftig. »Wäh«, schrie Iris, die neben ihm stand, und ging zur Schwengelpumpe, um die abgeblätterte Farbe abzuschleifen. Ich fischte an diesem Tag Algen aus dem Teich mit den Goldfischen und fütterte diese. Das war meine Lieblingsarbeit. Die orangegoldenen Fische gefielen mir. Sie waren so stumm wie ich, schwammen ihre Runden und schienen zufrieden zu sein.

Traurig war ich, wenn welche mit dem Bauch nach oben im Wasser lagen. Aber das Sterben gehört halt auch dazu. Als Lux von uns ging, konnte ich zwei Nächte nicht mehr schlafen. Er lag eines Tages einfach tot auf seiner Decke. Uns war schon Wochen davor aufgefallen, dass er zunehmend mehr Ruhe brauchte, aber immerhin hatte er bereits zwölf Lenze auf den Pfoten. Die Eltern weigerten sich, einen neuen Hund anzuschaffen. Vater und ich waren den ganzen Tag arbeiten, Mutter oft krank und Susanne konnte spazieren gehen nicht leiden. Vor allem nicht, wenn sie dabei auf einen Hund aufpassen sollte. Es musste ja kein Schäferhund mehr sein, auch ein kleiner Hund wäre für mich in Frage gekommen. Doch es gab keine Chance, die anderen zu überzeugen. Ich war der Einzige, der sich ein Haustier wünschte. Auch zu einer Katze wurde nein gesagt.So kam mir immer öfter der Gedanke, ob es für mich nicht besser wäre, in einer eigenen Wohnung zu leben. Regelmäßiges Einkommen hatte ich nun sicher, den Arbeitsplatz auf dem Beutig würde ich behalten können, wenn ich mir nichts zuschulden kommen ließe. Eines Tages erzählte Frau Fuhr, die Frau unseres Vermieters, meiner Mutter beim Kaffee, dass im selben Haus eine kleine Zweizimmerwohnung frei werde. Sofort bewarb ich mich darum. Die Eltern waren nicht dagegen, nur Susanne giftete herum. Der Neid fraß sie fast auf, dass ich eine eigene Wohnung bekommen sollte. Ich konnte es kaum abwarten bis zur Schlüsselübergabe. Bald war es dann so weit. Aufgeregt stand ich vor der Tür. Mahagonibraun und massiv versperrte sie mir den Zutritt. Im oberen Drittel hatte sie ein modernes Guckloch, aber beim Hineinstarren sah man nichts. Ich strich über die Tür, um sie zu begrüßen. Wieder einmal eine Pforte zu einem neuen Leben. Dann schloss ich sie mit zitternden Fingern auf und stieß sie mit dem Fuß weit ins Innere. Ein fremder Geruch schlug mir entgegen, obwohl die Wohnung leergeräumt war. Nur die billige Einbauküche war geblieben.Das kleine Bad ohne Fenster roch etwas muffig und zeigte schwarze Schimmelspuren in den Ecken. Das Schlafzimmer hatte eine silberfarbene Tapete, die mir nicht gefiel, aber bleiben musste. Dafür fehlte eine schöne Wandgestaltung im Wohnzimmer, welches mit seiner weißen Farbe sehr steril wirkte. Ich putzte die ganze Wohnung an einem Samstagvormittag salopp durch und am Nachmittag half mir der Vater, meine spärlichen Möbel in die Wohnung zu tragen. Das Bett mit dem Lattenrost und die Matratze hinüberzubringen ging ja schnell. Der Kleiderkasten war da schon aufwendiger. Mutter und Susanne hatten ihn bereits am Freitag ausgeräumt und meine Kleider in zwei Koffer und eine Schachtel gepackt. Am Abend kam Onkel Willi und zerlegte gemeinsam mit meinem Vater den Schrank, während ich zuschaute und kleine Hilfsarbeiten erledigen durfte. Am Sonntag wollte Onkel Willi nochmals vorbeikommen, um den Kasten in meinem Schlafzimmer wieder aufzubauen.Um den Schreibtisch gab es ein großes Streitgespräch. Ich wollte ihn haben und Susanne wollte ihn nicht hergeben.»Kauf dir doch einen anderen!«, schrie Susanne wütend, als ich meinen Wunsch vorbrachte. »Du hast doch Geld. Kriegst jeden Monat neues.«»Du musst nicht so brüllen, Susi«, rief ich zurück. »Ich will keinen anderen. Diesen bin ich gewohnt. Du sitzt sowieso viel seltener daran als ich.«

»Das weißt du doch gar nicht, Rolfi«, ihre Lautstärke ließ keine Spur nach. »Bist ja meistens auf dem Beutig.«

»Lasst den Vater entscheiden«, mischte sich die Mutter ein. »Ich weiß auch nicht, was das Beste ist.«

So mussten wir warten, bis es Abend wurde und der Vater nach Hause kam. Er konnte es gar nicht leiden, wenn wir ihn beim Hereinkommen schon mit unseren Problemen überfielen, so mussten wir bis zum Zerreißen gespannt darauf warten, bis er nach dem Essen im Ohrensessel saß. Susanne war schneller und klagte ihm zuerst ihr Leid. Ich stotterte hintendrein. Der Vater hörte uns zu und verschwand dann, ohne ein Wort gesagt zu haben, hinter der

Zeitung. Wir mussten warten. Angespannt schnappten wir bei jedem Umblättern nach Luft. Vater liebte diese Stimmung, wenn er Macht über uns hatte und wir an seinen Lippen hingen, als würde in Kürze Gott über uns zu Gericht sitzen.»Rolf, du kannst den Sekretär zu dir in die Wohnung hinübernehmen«, breitete sich schließlich über uns das Urteil aus, während er die Zeitung zusammenfaltete. Ich jubelte innerlich und über Susannes Gesicht zog eine Röte, die ihre Wut und Enttäuschung in Farbe tauchte.

»Susanne, du kannst nächste Woche mit mir zu Edelmayer und Söhne fahren. Dort kaufen wir einen neuen für unser Wohnzimmer, den du dir dann mit mir teilen musst. Ich habe letzthin einen gesehen, der wunderbar hierher passen würde.«

Susanne hielt die Luft an. Gerade hatte sie loslegen wollen mit ihrer Zornestirade, als Vater ihr nun dermaßen den Wind aus dem Segel nahm, dass sie nicht wusste wohin mit ihrem Ärger. Mit dem nagelneuen Schreibtisch, den sie nach Herzenslaune benutzen durfte, triumphierte sie über mich. Mir war das aber völlig egal, ich freute mich über den alten, den ich gewohnt war.Mutter stöhnte auf und lenkte unsere Aufmerksamkeit auf sich. Eine Nierenbeckenentzündung hatte sie niedergestreckt, von der sie sich jetzt erholte, nachdem sie vor drei Tagen aus dem Spital entlassen worden war. So gingen meine Freude und Susannes Wut, Überraschung und schließlich ebenfalls Freude in Mutters Gejammer unter. Sie hatte immer noch große Schmerzen und wollte von uns umsorgt sein. Gut eingebettet lag sie auf dem Diwan und lauschte unserer Unterhaltung und Vaters Plänen. Um sie abzulenken, legte Vater eine Platte auf.»Gräfin Mariza«, die Lieblingsoperette von Mutti. Wir lauschten entspannt der Musik und unsere Gemüter beruhigten sich wieder.Ich legte mir weder einen Hund zu noch eine Katze. Wenn ich abends von der Arbeit kam, aß ich bei der Familie und blieb bei ihnen, bis ich müde wurde. Am Wochenende verbrachte ich viel Zeit in meinen eigenen vier Wänden und genoss das Alleinsein. Bald kaufte ich mir einen Fernseher und war glücklich, schauen zu können, was ich wollte, ohne auf andere Rücksicht nehmen zu müssen.Eines Tages bemerkte ich, dass es sich jemand auf meinem Diwan gemütlich gemacht hatte, während ich nicht da war. Das Sofakissen befand sich bei meiner Heimkehr auf der rechten Seite. Morgens, als ich zur Arbeit gegangen war, hatte es noch links gelegen. Ich beschloss, mittels eines kleinen Tricks herauszufinden, wer sich ohne meine Zustimmung in der Wohnung aufhielt. Vorsichtig legte ich einen Zwirn auf das Sofa, so unauffällig wie möglich. Und wirklich, am Abend war er weg. Tatsächlich hatte es sich jemand auf dem Sofa gemütlich gemacht und das Stück Zwirn war an seiner Kleidung hängen geblieben. Der Eindringling musste einen Schlüssel zu meiner Wohnung haben. Und es gab nur zwei Schlüssel. Einen hatte ich und einer lag im Schreibtisch des Vaters. Ergo konnte es nur jemand aus der Familie sein. Dass es Vater war, der seit einiger Zeit pensioniert war, konnte ich mir nicht vorstellen, ebenso wenig Mutter. Blieb also nur Susanne übrig.

»Susi, was machst du heimlich in meiner Wohnung?«, stellte ich sie in ihrem Zimmer zur Rede.

»In deiner Wohnung?«, fragte sie gedehnt und wurde rot. »Wie kommst du denn darauf?«

»Ich habe es schon vor einiger Zeit festgestellt. Und nun weiß ich es sicher, weil der Zwirn fehlt.«

»Der Zwirn fehlt???«, fing sie an zu schreien. »Was für ein blöder Zwirn fehlt? Glaubst du, ich klaue einen Zwirn? Rolfi, was spinnst du hier herum?«

»Der Zwirn, den ich als Falle auf das Sofa gelegt habe«, erklärte ich ruhig. »Der ist weg. Also ist jemand in meiner Wohnung, wenn ich nicht da bin, und das kannst ja nur du sein!«

Susanne kochte vor Wut. Sie fühlte sich ertappt, wollte sich aber noch nicht geschlagen geben.»Habe ich etwa einen Zwirn an meinem Hintern?« Sie sprang erbost auf und drehte mir ihr Hinterteil entgegen. »Na, schau. Also, was ist?«

»Susi, bitte sage mir, warum du das machst«, bat ich sie, ohne auf ihre theatralische Vorführung einzugehen. »Es stört mich ja nicht, aber ich möchte es einfach wissen.«

Da senkte sie beschämt den Kopf. »Nie kann ich anschauen, was ich will. Immer muss ich dem Vati oder der Mutti nachgeben. Du hast dein eigenes Reich. Ich muss mein Leben lang mit ihnen teilen. Ich möchte auch mal meine Ruhe haben.«

Das verstand ich nur zu gut. Aber warum hatte sie mich nicht einfach gefragt?

»Du weißt doch, dass ich sehr böse auf dich war, weil du in deine eigene Wohnung gezogen bist. Und jetzt beneide ich dich einfach. Ich werde niemals alleine leben können, weil ich das Geld dafür nicht habe. So kann ich wenigstens mal ein paar Stunden für mich genießen.«

Susanne tat mir leid. Sie kam kaum einmal aus dem Haus. Nur hin und wieder, wenn sie eine alte Schulfreundin traf oder mit Cousine Gudrun ins Kaffeehaus ging, was selten genug vorkam. Natürlich hatte ich nichts dagegen, dass sie manchmal in meine Wohnung ging, um dort fernzusehen, aber ich wollte Bescheid wissen. Das sah sie natürlich ein und so konnten wir uns darauf einigen, dass sie mir bei ein paar Putzarbeiten half und dafür mein Wohnzimmer zum Ausspannen benutzen durfte.

Der Arbeit im Rosengarten auf dem Beutig ging ich weiterhin mit großer Begeisterung nach. Die Tage vergingen meistens schnell, da fortwährend was zu tun war, auch im Winter. Auf die Ausflüge freute ich mich besonders. Wir besuchten Gartenschauen in den benachbarten Bundesländern und alle zwei Jahre fuhren wir auf die Insel Mainau. Dort holten wir uns neue Ideen für unsere Gartenanlage, vor allem aber war es eine fröhliche Ausflugsfahrt.

Der Bus war voll mit gut gelaunten Kollegen aus allen Abteilungen. Lieder wurden gesungen und Witze gerissen. Gleich nach unserer Ankunft gab es Kaffee und Kuchen auf Firmenkosten, das Mittagessen mussten wir selbst bezahlen. In kleinen Grüppchen wanderten wir durch den Park und unterhielten uns über die Bepflanzung und die Geschichte der Insel. Prinz Lennart Bernadotte, ein Abkömmling des schwedischen Königshauses, hatte 1932 die Verwaltung der Insel übernommen. Das Schloss war zu der Zeit unbewohnt und modrig, die Gärten verwildert und ungepflegt. Nach dem Krieg kaufte er die Insel, nahm die Herausforderung an, brachte alles auf Vordermann und machte sie schließlich der Öffentlichkeit zugänglich, da er das Geld brauchte. Heute wird die Insel Mainau von seinen Nachkommen als Stiftung verwaltet, um Erbstreitigkeiten zu verhindern. Ich fand die Chronik rund um die drittgrößte Insel im Bodensee spannend und sammelte jedes Jahr neue Details darüber. Auch weil sich Mutter und Susanne immer sehr dafür interessierten, wenn ich nach Hause kam. Dann wollte ich etwas zu erzählen haben. Mehr als über die Brunnen, die Teiche oder die Rosenbögen wollten sie über das Leben des Bernadotte wissen. Er heiratete eine Fabrikantentochter, mit der er vier Kinder hatte und für die er auf eine mögliche Thronfolge verzichtete. Nach 39 Jahren ließ er sich scheiden und heiratete seine Assistentin, mit der er fünf Kinder zeugte.»Ein umtriebiger Mann«, meinte meine Mutter.»Mit 63 noch fünf Kinder zeugen können sich halt nur solche leisten.«

»Die zweite Frau ist jung, da geht das leicht«, sagte Susanne sarkastisch.Das Urteilen überließ ich ihnen, ich sorgte nur für den Klatsch. Und das so lange, bis sie Vater überreden konnten, auch mal mit ihnen zur Insel zu fahren. Danach wurden meine Erzählungen für sie zunehmend spannender, weil sie sich nun die Gärten besser vorstellen konnten, auch das Schloss, die Kirche und alles drum herum. Nach dem Ausflug ging die Arbeit auf dem

Beutig wieder voller Schwung weiter.Die Lehrlinge wechselten alle paar Jahre. Sobald sie die Prüfung abgelegt hatten, suchten sie sich woanders Arbeit. Besonders mit den Mädchen verstand ich mich gut. Sie nahmen auf meine Behinderung Rücksicht, verspotteten mich nicht und hatten immer ein paar nette Worte übrig, auch später, wenn sie mit ihren Familien Ausflüge auf den Beutig machten. Nach Iris kam Heike, dann Christine und schließlich Petra Sprenger. Von allen dreien wurde ich zur Hochzeit eingeladen, was ich sehr genoss. Ich schrieb Gedichte und das war ein Anlass, auch mal eines vor Leuten vorzutragen. Meine Mutter dichtete ebenfalls und schrieb sogar an einem Buch. Wir lasen uns unsere Dichtungen gerne am Abend gegenseitig vor. Veröffentlicht wurde nie etwas, davon träumten wir nur, aber das Schreiben machte uns viel Freude und vertrieb uns manch langweiligen Tag.Am liebsten schrieb ich per Hand, obwohl der Vater eine Schreibmaschine besaß. Ich mag meine Schrift. Im Gegensatz zu Susannes Handschrift ist diese schwungvoll. Ihre dagegen war karg und die Buchstaben schmiegte sie eng aneinander. Sie schrieb so, wie sie lebte, einsam und eifersüchtig, neidisch auf meine Kontakte zur Außenwelt und immer in Sorge, ich könnte noch unfassbarer werden, als ich es ohnehin für sie war. Im Gegensatz zu ihr ging ich jeden Tag arbeiten, kam mit Menschen ins Gespräch, an deren Leben ich Anteil nehmen durfte, und hatte somit jeden Abend etwas zu erzählen. Während der Vater schon lange in Pension war, brachte ich die Welt nach Hause, war stolz darauf und die drei hörten mir gerne zu. Diese schöne Zeit genoss ich sehr, zudem konnte ich mir nicht vorstellen, dass es sich jemals ändern könnte, obwohl die Eltern älter wurden und die Mutter weiterhin kränklich blieb.

Tanja und Peter

Nachdem ich mich etwas beruhigt hatte, las ich Tanja die Karte vor, die wir von Rolf Kengelbach bekommen hatten. Sie war eher ergriffen als so fassungslos wie ich darüber, dass er um Geld bat. Ich lehnte an der Küchenzeile und Tanja würzte das rohe Fleisch für das Mittagessen.»Peter, der Mann hat nichts, das haben wir doch gesehen«, sagte sie zu mir. »Und er hat niemanden, der ihn irgendwie unterstützt. Wahrscheinlich ist er mit seinen Finanzen genauso überfordert wie mit seinem Haushalt.« Sie schnappte sich eine Pfanne, stellte sie auf die Herdplatte und goss Öl hinein.

»Dann meinst du wohl, ich soll mich darum auch noch kümmern, Schatz?«, fragte ich sie.

»Du kennst dich gut aus. Prüf doch einfach mal seine Unterlagen, wenn er dich lässt. Wenn nicht, bist du das Problem von selbst los«, schlug Tanja vor und legte das Fleisch in die heiße Pfanne. Es fing zu brutzeln an und ein unbeschreiblich guter Duft durchzog die Küche.»Wann wohl Herrn Kengelbach das letzte Mal so das Wasser im Mund zusammengelaufen ist wie mir gerade?«, überlegte ich laut und stibitzte ein Salatblatt aus der Schüssel.

»Das dürfte schon ziemlich lange her sein«, meinte Tanja. »Wenn ich daran denke, dass er kaum Vorräte in den Schränken hat, oder an den mageren Inhalt im Kühlschrank.« Sie machte ein nachdenkliches Gesicht. »Aber als wir dort waren, konnte ich mich nicht auch noch darum kümmern. Das Putzen und Sortieren der Kleider war Arbeit genug. Wenn du das nächste Mal zu ihm fährst, gebe ich dir ein paar Lebensmittel für ihn mit.«

Ich nickte zustimmend und deckte den Tisch. Somit war entschieden, dass ich bei dem nächsten Treffen mit Herrn Kengelbach seine Belege durchschauen würde. Ob ich ihm allerdings das Geld gäbe, das würde ich dann spontan entscheiden.Tanja füllte beim nächsten Großeinkauf einen Karton extra für unseren Mieter. Nudeln, ein paar Gläser mit Soße, Weißwürste, Senf, Dosengulasch und auch etwas Obst und Gemüse, zudem noch allerlei Leckereien. Ich packte den Karton ins Auto und machte mich auf den Weg nach Baden-Baden. Ich war aufgeregt und neugierig, was mich an diesem Tage erwarten würde.Rolf Kengelbach öffnete mir die Tür, nachdem ich mehrmals Sturm geläutet hatte. Entschuldigend sah er mich an. »Ich hatte den Fernseher auf voller Lautstärke«, erklärte er. »Deshalb habe ich das Klingeln nicht sofort gehört.« Er bat mich herein.Die Wohnung sah adrett aus, aufgeräumt und auf den ersten Blick sauber. Wenn Tanja dabei gewesen wäre, wäre die Prüfung wahrscheinlich nicht so befriedigend ausgefallen, aber meinem Hausmannblick genügte, was ich sah. Der Mann bemühte sich, die Sachen ordentlich zu halten, und darüber freute ich mich fürs Erste sehr. Ich streckte ihm den Karton mit den Lebensmitteln entgegen, und da begannen seine Augen wieder zu strahlen.

»Endlich wieder mal was anderes als leere Nudeln«, murmelte er vor sich hin, als ich hinter ihm her in die Küche lief. Ich stellte den Karton auf dem Tisch ab.»Leere Nudeln?«, fragte ich. »Sonst haben Sie nichts?«

Herr Kengelbach schüttelte den Kopf und öffnete den Kühlschrank. Außer einem Topf mit einem Deckel darauf stand nichts darin. Ich traute mich nicht, den Deckel zu öffnen. Kurzerhand beschloss ich, Eier, Milch, Butter und frisches Brot zu holen. Ich drehte mich zu ihm um und sagte, dass ich den Staubsauger und die Kleidung holen ginge, während er die Lebensmittel versorgen solle. Im Laden kamen dann Wurst und Käse hinzu und am liebsten wäre ich mehrmals zwischen den Regalen herumgefahren, um zu schauen, was ich sonst noch alles mitnehmen könnte. Ich musste mich selbst einbremsen, denn zu viel war ja auch nichts. Und außerdem sollte man ihm nicht alles abnehmen. Mit zwei vollen Taschen kam ich zurück und stellte sie auf die Anrichte.

»Nun hole ich aber wirklich die Sachen aus dem Auto«, lachte ich ihm in sein erfreutes Gesicht. Als ich wieder zurückkam, brutzelten zwei Eier in der Pfanne und auf dem Tisch stand ein Brotkorb mit vier Scheiben darin. Es war für uns beide gedeckt, was mich wiederum sehr rührte. »Für mich nichts, vielen Dank«, lehnte ich ab. »Ich habe zu Hause gefrühstückt und keinen Hunger mehr. Ein Glas Wasser reicht.«

Hungrig machte sich der alte Mann über die zwei Spiegeleier her und schlang das Brot hinunter. Ich ließ ihn ohne Kommentar essen, war er das doch so seit Jahren gewohnt. Ich war glücklich darüber, dass es nun angenehm roch und ich nicht mehr das Fenster aufreißen musste, weil es mich würgte. Nach dem Essen stellte er den Teller in die Spüle und wir gingen ins Wohnzimmer, um die Schachtel mit der Kleidung auszuräumen und durchzusehen. Rolf Kengelbach war begeistert. »So schöne Sachen«, schwärmte er andauernd und trug sie andächtig ins Schlafzimmer hinüber. Dann kam er, mit einem Hemd von Paps und einer Strickjacke von mir bekleidet, zurück und setzte sich zu mir. Mir fehlten die Worte. Ich musste mich ordentlich räuspern, um wieder sprechen zu können. Dieser Mann zog an meinen Stacheln, und ich konnte mich kaum dagegen wehren. Normalerweise war ich ein knallharter Geschäftsmann, aber was mir hier passierte, konnte ich mir kaum mehr erklären. Sicher, ich hatte schon manches Mal was springen lassen für einen guten Zweck, aber da sorgten andere dafür, dies direkt zu einem bedürftigen Menschen zu bringen. Dieses Mal war aber niemand zwischen mir und dieser Person. Ich war selbst beteiligt, direkt und leibhaftig, und ich konnte mich dieser Anteilnahme kaum entziehen. Es hatte etwas Anziehendes, aber auch Abstoßendes an sich. Das Abstoßende war das sich Hineinmischen in die Angelegenheiten und das Leben eines anderen Menschen, das Bevormundende und Bestimmende. Was sich aber nicht vermeiden ließ, da Herr Kengelbach selber nicht in der Lage dazu war. Er konnte kaum artikulieren, was er brauchte, geschweige denn es selbst organisieren. Und das war das Anziehende. Jemandem zur Seite zu stehen, beistehen zu können und Zeuge zu sein, wie sich das Leben eines Fremden zum Besseren wendet. Und das passierte gerade vor meinen Augen. Natürlich galt es aufzupassen, nicht überheblich zu werden und die ein Stück weit verliehene Macht nicht zu missbrauchen. Zudem konnte man sich das eigene Gewissen erleichtern und es ließ einen vor sich selbst und auch vor anderen als guten Menschen dastehen. Aber das allein war nicht mein Antrieb. Mein Antrieb war die Neugier. Die Neugier, wie ein Mensch an den Punkt kommt, an dem Rolf Kengelbach angelangt war. Alt, allein und aufgegeben. Das erinnerte mich an das Rating, welches für Firmen, Banken und sogar Staaten vergeben wird. Es ordnet nach Nützlichkeit, Erfolg, Kreditwürdigkeit und Qualität ein. Verbissen streben Unternehmen danach, eine Bewertung der Bestnote Triple A zu erhalten. Öffnet diese Bewertung doch die Tür zu günstigen Krediten, um Projekte und Produkte zu entwickeln, welche den Fortschritt, den Wohlstand und die Lebensqualität von uns allen sichern und verbessern sollen. Die Maßstäbe, welche an eine AAA-Bewertung gelegt werden, kommen mehr oder weniger aus der Welt der Bilanzen, des Kapitalmarktes und der Finanzen. Keine der Kriterien hinterfragt, wie ein Staat oder ein Unternehmen, welches bewertet werden soll, mit seinen Bürgern oder Mitarbeitern umgeht. Werden die Menschenrechte geachtet? Wie verhält es sich mit dem Schutz der Menschenwürde? Zunehmend wird dieses Rating von unserer Gesellschaft auch an unsere Mitmenschen vergeben. Zwar meistens unbewusst, aber deswegen keinesfalls harmloser. Wir neigen zum Schubladendenken.

Schnell scannen wir Menschen anhand unserer Filter und schon wird er in irgendeiner Kategorie abgelegt. Und dort bleibt er dann meistens auch. Es ist schwer, da wieder herauszukommen. Müsste man doch seine Vorurteile, seine Weltanschauung und seine oft festgefahrene Meinung ändern, um dem Menschen, dem man ein solches Rating verpasst hat, eine Chance zu geben. Einfacher ist es, er bleibt, wo er ist. Dann können die Nachbarn, die Behörden, die Gesellschaft, die Politik leichter wegschauen, anstatt einzugreifen und zu unterstützen.Alt, allein und aufgegeben – die drei As von Rolf Kengelbach. Hier die schlechteste Bewertung. Was machen Unternehmen, wenn sie eine schlechte Note bekommen? Sie setzen Himmel und Hölle in Bewegung, um sie zu verbessern. Ansonsten gäbe es keine Zukunft für sie. Und für Herrn Kengelbach sähe die Zukunft auch nicht rosig aus, wenn man ihm jetzt nicht unter die Arme greifen würde. Das heißt, wenn ich ihm jetzt nicht unter die Arme greifen würde. Am »alt« konnte ich nichts ändern. Das werden wir alle und das ist ja im Grunde erstrebenswert. »Allein« war zu überwinden. Er hatte jetzt uns. Vielleicht gab es noch Verwandte? Oder nette Nachbarn? Ich kannte ja nur Herrn und Frau Brocken. Von denen war nicht viel zu erwarten. Ehemalige Arbeitskollegen? Auf jeden Fall war es ein neues Aufgabengebiet für mein erwachtes Helfersyndrom. »Aufgegeben«, was auch immer das bedeutet, wurde er von mir jedenfalls nicht. Dazu war ich fest entschlossen, als mir diese Gedanken durch den Kopf gingen.»Herr Kengelbach, Sie wollen doch 50 Euro von mir«, sagte ich nach einem tiefen Atemzug. Über Geld zu reden ist meistens unangenehm. Außer man hat zufällig im Lotto gewonnen, und selbst dann wäre die erste Reaktion wahrscheinlich die, es zu verheimlichen. »Bevor ich Ihnen Geld gebe, möchte ich mir einen Überblick über Ihre finanzielle Situation verschaffen. Das verstehen Sie doch sicherlich, oder?«Der alte Mann nickte betreten.»Es ist mir persönlich auch nicht angenehm«, erklärte ich »aber ich denke, wir haben mittlerweile ein wenig Vertrauen zueinander und Sie wissen, dass ich mit Ihren Informationen vertraulich umgehe.«

Nach kurzem Zögern stand er auf, ging zum Schreibtisch und holte die Kontoauszüge. Verlegen und eingeschüchtert überreichte er mir das Auszugsheft. Fast kam er mir vor wie ein Schüler, der eine Strafarbeit abgeben muss und sich nicht sicher ist, ob sie den Anforderungen des Lehrers genügt.Ich schlug die Mappe auf und las konzentriert und mit zunehmendem Unbehagen, welches schließlich in Ungläubigkeit und Schaudern umschlug. Das Konto war seit Längerem überzogen. Die Summe reichte bis ans Ende des von der Bank eingeräumten Überziehungskredits. Jeweils am Monatsanfang entspannte sich die Situation ein wenig durch den Eingang der Rente, die war jedoch meist nach kurzer Zeit durch die regelmäßigen Abgänge aufgebraucht. Zudem enthielten die Auszüge viele nicht eingelöste Lastschriften, da das Konto die notwendige Deckung nicht aufweisen konnte. Weiterhin waren viele Abbuchungen über Daueraufträge an Rechtsanwälte und Inkassobüros angelegt worden. Mir verschlug es die Sprache. Ich wusste nicht, was ich sagen sollte. Herr Kengelbach schwieg ebenfalls. Er saß mit hängendem Kopf neben mir und rührte sich nicht.Ich holte tief Luft.»Herr Kengelbach, was sind das für Ratenzahlungen an diese Inkassobüros?« Ich zeigte auf ein paar Abbuchungen. Der Tisch war inzwischen übersät mit verschiedenen Blättern, die ich unterschiedlich sortiert hatte.»Weil mir das Geld für die Stromrechnung fehlte, habe ich bei verschiedenen Münz- und Schmuckversandhäusern Waren auf Rechnung bestellt und diese dann bei einem Händler versetzt. Damit habe ich meine offenen Rechnungen bezahlt, aber die Rechnung für die Münzen eben nicht. Diese Versandhäuser versuchen nun, durch Inkassobüros an ihr Geld zu kommen. Wenn ich wieder welches habe, dann versuche ich zu bezahlen.

Aber die Schulden werden immer mehr statt weniger«, erklärte er mir resigniert.»Na, das ist ja auch kein Wunder«, flüsterte ich in dem Wissen, dass er mich nicht hören konnte. Die Münzen verkaufte er zum halben Preis weiter und wenn er die Rechnung bekam und nicht zahlen konnte, kamen Verzugszinsen und Spesen dazu und schließlich die horrenden Vorschreibungen der Inkassobüros. Ich hatte für den heutigen Tag genug.

»Darf ich die Unterlagen mitnehmen und zu Hause in Ruhe studieren?«, fragte ich schließlich. »Vielleicht finden wir einen Ausweg, aber ich verspreche nichts. Das ist wirklich eine verfahrene Situation. Darüber muss ich ein paar Tage nachdenken.«Herr Kengelbach sah mich dankbar und erleichtert an. »Ja, natürlich«, atmete er auf.»Ich wäre froh, wenn mir da jemand beistehen würde. Ich habe die Übersicht komplett verloren und kenne auch niemanden, der mir da heraushelfen könnte.«

Ich packte die Unterlagen zusammen und steckte sie in eine der Tüten, in denen ich ihm vorher die Einkäufe gebracht hatte. Er holte noch mehr Mäppchen und Ordner. Ich schmiss alles zusammen in die Tüte, in einem Anflug aus Niedergeschlagenheit und Hoffnungslosigkeit. Dann überreichte ich ihm die 50 Euro, um die er gebeten hatte. Ich fragte gar nicht mehr, für was er sie brauchte. Dass er keine Lebensmittel dafür kaufte, war mir klar. Auf der Fahrt nach Hause drehte ich das Radio auf volle Lautstärke, um nicht nachdenken zu müssen.»Tanja, Schatz, mir ist schlecht«, begrüßte ich meine Frau. »Ich brauche einen Schnaps!«

»Roch es wieder so schlimm?«, fragte sie mich mitleidig. Da schüttelte mich ein Lachen durch, in das sie fröhlich miteinstimmte.Ich füllte mir ein Glas mit Korn, roch daran und stürzte ihn runter. »Seine Finanzen«, stöhnte ich. »Viel schlimmer als geahnt. So was kannst du dir nicht vorstellen!« Dann erzählte ich ihr, was ich inzwischen erfahren hatte und was ich noch befürchtete, zu erfahren.»Der verkauft einfach Sachen weiter, die ihm noch gar nicht gehören«, schüttelte Tanja fassungslos den Kopf. »Peter, das ist eigentlich kriminell!«

»Ich glaube nicht, dass ihm das klar ist«, verteidigte ich den verzweifelten alten Mann. »Der weiß sich nicht mehr anders zu helfen. Außerdem sind die Firmen, die ihn beliefern, mit Schuld. Immerhin wissen sie inzwischen, dass er nicht zahlen kann, und trotzdem wird er noch beliefert. Die rechnen einfach damit, dass sie irgendwann ihr Geld bekommen, indem sie solche Büros beauftragen, und die schreiben ja nicht gerade zimperlich. Den einen oder anderen bekommen sie sicherlich dazu, zu bezahlen. So können sie ihren überteuerten Ramsch verkaufen und falls es wirklich ein paar Zahlungsausfälle gibt, verkraften sie das gut.«

»Da hast du dir was eingebrockt«, meinte Tanja und küsste mich auf die Wange. »Aber wie ich dich kenne, lässt du dir gewiss was einfallen. Du liebst doch solche Herausforderungen zu sehr.«

Wie gut sie mich kannte! Auf der einen Seite fühlte ich mich ratlos und überfordert, auf der anderen Seite wäre ich nur allzu gerne gegen diese Büros vorgegangen, was aber vielleicht ein Kampf gegen Windmühlen hätte werden können. Aber hatte Don Quijote aufgegeben? Der ließ sich auch nicht beirren.»Das war doch bloß eine Romanfigur«, klärte Tanja mich auf. »Willst du etwa mit einem Sancho Kengelbach bei den Rechtsanwälten einreiten?«, lachte sie mich aus.»Keine schlechte Idee, da würden wir schon mal ordentlich Eindruck schinden, aber jetzt will ich einfach nur hier liegen und fernsehen«, seufzte ich. »Morgen werde ich mich einlesen und versuchen herauszufinden, was da noch so alles im Argen liegt. Für heute reicht es. Komm her, Schatz!«Tanja schmiegte sich in meine Armbeuge, und wir zappten uns durchs Abendprogramm.

Am nächsten Abend gab es statt fernsehen einen Haufen Papiere auf meinem Schreibtisch. In einen der Ordner hatte mir Rolf Kengelbach einen Stapel Briefe hineingelegt. Es war das, wie ich erwartet hatte: Mahnungen, Zwangsvollstreckungsbescheide, offene Rechnungen und Korrespondenz mit Rechtsanwälten. Die Briefe aus der unmittelbaren Vergangenheit hatte er noch nicht einmal geöffnet. Zuerst wollte ich die Sachen nach Dringlichkeit sortieren, aber es brannte an allen Ecken und Enden. Es gab zwei Kredite bei verschiedenen Banken, und er hatte die vereinbarte Rückzahlung mehrfach ohne Absprache unterbrochen. Die beiden Banken hatten die Vorgänge Rechtsanwälten übergeben, welche nun die Eintreibung der Forderungen weiterbetrieben. Eine Anwaltskanzlei hatte bereits vollstreckbare Titel beim jeweiligen Amtsgericht beantragt, was bedeutete, dass Herr Kengelbach in Kürze mit dem Gerichtsvollzieher rechnen musste. Des Weiteren hatten vier Münzversandhäuser ihre Forderungen an Inkassobüros abgetreten oder diese mit dem Eintreiben der Schulden beauftragt. Und zuletzt gab es eine Reihe von Mahnungen, die direkt von den Gläubigern an Herrn Kengelbach gerichtet waren. Hierbei handelte es sich um Versicherungen, verschiedene Handelshäuser, aber auch einen Sozialdienst aus Baden-Baden, welcher Herrn Kengelbach eine Weile mit Essen auf Rädern versorgt hatte. Mir rauchte der Kopf. Innerlich war ich kurz versucht, einfach alles zu bezahlen, um mir die Angelegenheit so schnell wie möglich vom Hals zu schaffen. Aber so leicht sollten mir die Herrschaften nicht davonkommen. Hatten sie doch sicherlich irgendwann geahnt, dass es sich hier um einen mittelosen, hilflosen Herrn handelt, dem sie Geld gaben, um es ihm danach, um ein Vielfaches erhöht, wieder abzuknöpfen. Er hatte sich in diesen Schlamassel hineinmanövriert, also musste er sich auch wieder selbst herausholen oder zumindest daran beteiligt werden, wieder herauszukommen. Zu groß wäre sonst die Gefahr, die gleichen Fehler zu wiederholen, und das durfte auf keinen Fall passieren. Er musste lernen, mit seiner Pension zurechtzukommen, und aufhören, sich in das Haifischbecken der Finanzwelt hineinzubegeben, besonders dann, wenn man – wie er – bereits blutete. Da wäre der Untergang nicht mehr weit und kurz davor stand er bereits.Beim nächsten Besuch ließ ich mir alles von ihm erklären. Wir setzten uns an den Tisch, und ich zog das erste Bündel, den Vertrag mit der Volksbank, aus der Tasche und legte ihm diesen vor. Mit eingezogenen Schultern und hängendem Kopf besah sich Rolf Kengelbach das Schreiben. »Easy Money« stand groß darauf. Easy an der ganzen Sache war nur der Name. Eine qualitativ gute Bonitätsprüfung konnte hier nicht stattgefunden haben, weil die Kredithöhe, das Alter von Herrn Kengelbach bei Abschluss und seine damalige finanzielle Lage nicht stimmig waren.

»Wofür brauchten Sie diesen Kredit?«, fragte ich laut.»Der war für den Umzug in diese Wohnung hier«, erklärte mir der Mann kleinlaut. »Ich brauchte ihn für Susannes Beerdigung, die Umzugsfirma und zur Stellung der Mietkaution.«Nun gut, das war verständlich, wenn man nichts Erspartes hatte.»Als ich die Wohnung der Eltern nach Susannes Tod renovieren sollte, teilte ich der Vermieterin mit, dass ich dazu nicht in der Lage sei. Ich erklärte ihr, dass auf einem von den Eltern geerbten Sparbuch 22 000 DM lagen. Mit dem Geld würde ich eine Firma beauftragen, um die Wohnung in Ordnung zu bringen. Daraufhin bot sie an, auf die Renovierung zu verzichten, wenn sie im Gegenzug das Sparbuch bekommen würde.«Ich spürte, wie die Wut in mir hochstieg. »22 000 DM für die Renovierung einer Mietwohnung«, rief ich laut, »das ist ein Verbrechen, Betrug ist das. Wer ist die Frau? Dem müssen wir unbedingt nachgehen!«

»Nein, nein!«, schüttelte er den Kopf. »Das war eine gute Bekannte meiner Mutter. Und sie lebt auch gar nicht mehr. Außerdem habe ich die Vereinbarung rechtsgültig unterschrieben. Das ist erledigt.«

Was sind das für Menschen, die so einen gutmütigen, hilflosen Mann derart hintergehen und ausnutzen? Ich konnte es kaum glauben. Es machte mich rasend. Am liebsten hätte ich ihn geschüttelt, diesen anspruchslosen, genügsamen Menschen, der sich nicht zur Wehr setzte, nicht bereit war, Konflikte einzugehen und um sein Recht zu kämpfen. Stattdessen nahm er all diese Ungerechtigkeiten und wahrscheinlich sogar Gesetzesverstöße um des lieben Friedens willen in Kauf. Ich kratzte mich am Hals und versuchte, mich zu beruhigen. Mein Gerechtigkeitssinn stellte mir gerade ein Bein. Es ist seine Sache, sich dermaßen über den Tisch ziehen zu lassen. Ich bin nur Don Quijote, der Romandarsteller, der gerade gegen eine Windmühle verloren hat. Wegstecken und weitermachen ist die Devise. Ich legte den Vertrag zur Seite und nahm den nächsten. Ein Verbraucherkredit der Ding Bank. Ohne Rückzahlungsmodalitäten wurde ihm hier ein vierstelliger Betrag zur Verfügung gestellt.Ich ging dazu über, meine Fragen auf einen Zettel zu schreiben und sie Herrn Kengelbach hinüberzureichen, da er oft nicht hörte, was ich sagte, und ich die Fragen wiederholen musste. Die Schreierei wurde mir zu anstrengend und ich musste einfach sicherstellen, dass er mich verstand. Er las, dachte kurz nach und gab mir dann die gewünschten Antworten.

»Diesen Kredit brauchte ich für meine Zähne, die Betriebskostenabrechnung und für ein paar Einkäufe«, erklärte er. »Außerdem unterstütze ich einige Tierschutzvereine und die Bücher müssen ja auch bezahlt werden.«

Die Bücher, ach ja, die, die von »R. D.« geliefert wurden, einer Zeitschrift, die darauf spezialisiert ist, Buchauszüge zu veröffentlichen und Bücher zu versenden.

»Wieso bestellen Sie diese Bücher, wo Sie doch so knapp bei Kasse sind?«, schrieb ich auf den Zettel.

»Wenn der Postbote klingelt und mir das Paket bringt, freue ich mich«, antwortete der einsame Mann. »Dann kann ich kurz mit jemandem reden, habe etwas Neues, Interessantes zum Auspacken und der Tag ist nicht mehr so eintönig.«

Unglaublich, wie sich manche Menschen ihren Tag verschönern müssen. Dies war für mich eine total neue Welt. Inzwischen trommelte heftiger Regen an die Fensterscheibe. Es war düster geworden, die richtige Stimmung für meine schwere Aufgabe. Mit einem tiefen Seufzer schaute ich den Tropfen zu, welche schnell über die Scheibe sprengten.»Was ist mit den Münzen und dem Schmuck?«, schrieb ich die nächste Frage auf den Zettel.

»Als die Bank mir kein Geld mehr gab, bin ich auf die Idee gekommen, die Münzen dem Herrn Koller zu verkaufen. Der hat ein Schmuckgeschäft und kauft Gold und alten Schmuck an. Mit dem Erlös habe ich dann das gerade Dringendste bezahlt«, kam die Erklärung.»Es ist Ihnen aber schon klar, dass Sie dafür viel weniger bekommen haben, als Sie dann für die Münzen bezahlen sollten, Herr Kengelbach?«, schrieb ich.

»Sagen Sie doch Rolf zu mir«, überraschte er mich und streckte mir die Hand hin. Ich nahm sie, drückte fest zu und sagte:»Und ich bin ab nun der Peter!« Verstohlen wischte sich Rolf eine Träne aus dem Augenwinkel, und ich spürte, wie mir wieder ein Stachel vom Herzen fiel. Das war in dieser Situation vielleicht nicht von Vorteil, da ich lieber etwas streng zu Rolf sein wollte ob seines fahrlässigen Umganges mit den Finanzen, aber ich spürte die Freude und die Hoffnung, die in seinem Angebot steckten. Man hätte auch vermuten können, er wolle damit von seiner Verantwortung ablenken, aber so berechnend war dieser Mensch nicht. Auf seine Art war er ein liebenswürdiger, harmloser und trotz der verfahrenen Situation ehrlicher Mann, was man von den Leuten, mit denen er Umgang hatte, nicht behaupten konnte. Der Schmuckhändler hätte längst merken müssen, um was es sich hier handelte. Nämlich darum, dass er eigentlich gestohlene Ware ankaufte. Und trotzdem machte er weiter und nutzte die Notlage eines alten Menschen aus, um auf dessen Kosten ein Geschäft zu machen. Hehlerei nennt man das. Am liebsten hätte ich diesen Mann sofort zur Rede gestellt, aber was hätte es genutzt? Er hätte sich darauf hinausgeredet, dass er geglaubt habe, hier handele es sich um eine Sammlerauflösung und nicht um den unerlaubten Weiterverkauf von nicht bezahlter Ware.Es war mir schon eine Weile klar, dass Rolf die aufgelaufenen Schulden nie und nimmer würde zurückzahlen können. Zudem zog sich die Schuldenschlinge immer weiter um ihn zu, da alle Gläubiger ihm horrende Zinsen in Rechnung stellten.»Ich werde die Gläubiger mal anschreiben und ihnen mitteilen, dass wir miteinander etwas gegen die Vorschreibungen unternehmen werden, wenn Sie einverstanden sind. Zudem müssen wir Ihr Einkaufsverhalten ändern. Oder deins. Sollen wir nicht auch gleich ‚Du‘ sagen?«Rolf nickte ergeben. Ich packte die Unterlagen wieder zusammen und nahm sie mit. An der Tür verabschiedete mich ein deutlich erleichterter Herr Kengelbach. Er sah in mir wahrscheinlich die Rettung aus seiner Misere und obwohl es eine große Verantwortung und Aufgabe war, wollte ich mich dieser Herausforderung auf jeden Fall stellen. Entschlossen und kampflustig fuhr ich nach Hause. Denen wollte ich es zeigen! Sie waren selbst schuld, wenn sie in ihrer Gier versuchten, Menschen auszunutzen, und sie um ihr kostbares Erspartes bringen wollten. »Jetzt drehen wir den Spieß um«, dachte ich. Don Quijote war bereit für den Kampf und ich war sicher, dass ein paar Windmühlen fallen würden.

Rolf

Als Peter gegangen war, kehrte ich in meine Stille zurück und ließ mich in den Ohrensessel fallen. Die Gefühle, die ich bei unserem Treffen gehabt hatte, überfielen mich noch stärker und versetzten mich in Unruhe. Da war die Scham über meine ausweglose Lage. Da war die Schmach, als Sohn eines Sparkassenangestellten so unfassbar verschuldet zu sein. Da war die Beschämung, einem freundlichen, aber doch noch fast fremden Menschen die eigenen Probleme offenzulegen. Die Reue und auch die Demütigung, in dieser Situation gefangen zu sein. Das alles bedrückte mich sehr und doch entzündete irgendein Funke Hoffnung in meinem Herzen. Peter und Tanja waren seit Jahren die ersten Menschen, die sich wirklich für mich interessierten. Die sahen, woran es fehlte, und zupackten und organisierten, die mir ein Licht ins Haus brachten, an dem ich mich orientieren konnte. Anstatt hier zu sitzen und auf den Tod zu warten, der mir bis vor Kurzem nicht schnell genug kommen konnte, bekam ich wieder eine kleine Ahnung vom Leben, von Freude und Zuversicht. Die Chance, meine Angelegenheiten halbwegs zu regeln, um nicht wirklich in Schande von dieser Welt zu gehen und das heillose Durcheinander, welches ich angerichtet hatte, verantworten zu müssen.Die Sprünge meines Lebens waren nicht mehr sehr hoch gewesen nach meiner Reise nach Norwegen und dem Einzug in meine eigene Wohnung. Ich fuhr zu den verschiedenen Landesgartenausstellungen und verbrachte meine Urlaube an netten Orten in Österreich und Bayern. Das genügte mir völlig. Mit meiner Familie am Samstagnachmittag ins Kaffeehaus zu gehen, gehörte zu den Höhepunkten der Woche. Schlussendlich feierten meine Eltern dort auch ihre goldene Hochzeit. Der Vater groß und hager, mit schütterem Haupt und der kleinen runden Brille auf der Nase. Die Mutter stämmig, mit schwarz gefärbten, kurzen Haaren und gesundheitlich einigermaßen stabil.Die letzten Jahre lebten sie zufrieden vor sich hin, seit Vati seine Alleinreisen an den Bodensee aufgegeben hatte. Nun machte er lieber donnerstags Ausflugsfahrten mit dem Beamtenbund, zu denen er manchmal auch die Mutti mitnahm. Er war Sänger im Gesangsverein »Aurelia Hohenbaden«, was ihm viel Freude machte. Der Chor sang dem goldenen Hochzeitspaar dann auch ein nettes Ständchen zu seinem Fest. Von der Stadt Baden-Baden bekamen die beiden einen riesigen Blumenstrauß und der Bürgermeister gratulierte persönlich. Susanne und ich freuten uns mit unseren Eltern an diesem Jubiläumstag.Oft hatten wir die Geschichte gehört, wie sich die beiden in der Tanzschule kennengelernt hatten. Vater forderte sie immer wieder zum Tanz auf und die beiden freundeten sich an, bis sie Verlobung feierten. Am 7. November 1931 folgte die Hochzeit in der Stiftskirche Baden-Baden, wo sie der Onkel von meinem Vater, mein Großonkel Wilhelm, traute. Die größte Freude erlebten sie dann, als zwei Jahre später, genau an ihrem Hochzeitstag, Susanne Marierosa das Licht der Welt erblickte.

Wir aßen gut und überreichten ihnen zum Nachtisch jedem ein Medaillon. Es war eine schöne Feier, auch wenn nicht allzu viele Leute dabei waren. Die Verwandtschaft war zu diesem Zeitpunkt schon ziemlich ausgedünnt. Vaters einziger Bruder Wilhelm war schon vor Jahren verstorben, Mutter hatte keine Geschwister und Susanne und ich keine Nachkommenschaft. So blieben nur ein paar gute Freunde und zwei ehemalige Arbeitskollegen, welche ich aber nicht kannte.Es war unsere letzte schöne Feier. Mit Vaters Gesundheit ging es rapide abwärts. Er bekam Bluthochdruck und immer wieder mal Probleme mit dem Kreislauf. Seinen 80. Geburtstag feierten wir zu Hause unter uns. Die Torte holten wir aus der Konditorei und als Geschenk überreichten wir ihm einen

Zinnteller. Vom Beamtenstammtisch wurde ein Geschenkkorb mit allerlei Leckereien vorbeigebracht.eines Tages saß Vati in seinem Ohrensessel und ließ plötzlich die Zeitung fallen. Starr blickte er geradeaus und reagierte überhaupt nicht auf die Rufe der Mutter. Susanne holte mich aus meiner Wohnung. Ich wusste nicht, was ich tun sollte, zum Glück hatten die beiden schon die Rettung gerufen. Diese brachte ihn nach kurzer Untersuchung in die Klinik.

»Wahrscheinlich Schlaganfall«, meinte der Sanitäter. »Aber Sie müssen natürlich die genauen Untersuchungen abwarten.«

Und tatsächlich, es war ein Schlaganfall. Wir besuchten ihn fast täglich an seinem Krankenbett und konnten nicht fassen, dass er kein einziges Wort mehr mit uns sprechen konnte. Meistens dämmerte er, blass und eingefallen, auf dem weißen Kissen vor sich hin, angehängt an eine Infusionsflasche. Er konnte nicht im Spital bleiben, da er nun ein Pflegefall war. Nach Hause konnte er auch nicht, da Mutter und Susanne mit der Betreuung vollkommen überfordert gewesen wären. Man brachte ihn nach Lichtental in die Pflegeabteilung des Schwarzwaldwohnstiftes. Eines Tages kam dann der Anruf, in dem uns mitgeteilt wurde, dass Vater verstorben sei. Es war der 20. Juni 1986. Ich war in der Arbeit und erfuhr es erst am Abend. Mutter fuhr mit dem Taxi hin und ließ den Leichnam von einem Bestattungsunternehmen abholen und nach Baden-Baden bringen.Am nächsten Tag lag er in der Leichenhalle aufgebahrt, und ich sah meinen Vater ein letztes Mal. Das schmale, strenge Gesicht, die Augen geschlossen, die Haut wächsern. Völlig fassungslos musste ich wieder hinaus aus dieser stickigen Halle. Kurz darauf folgte mir Susanne. Nur Mutter konnte sich kaum von ihm trennen. So viele gemeinsame Jahre gehörten nun der Vergangenheit an. Mutter hatte nie etwas ohne unseren Vater unternommen, außer ein paar Treffen mit ehemaligen Schulfreundinnen ab und zu im Kaffeehaus. Auch das Organisieren war sie nicht gewohnt, ebenso wenig wie Susanne und ich. Zum Glück unterstützte uns Herr Moser vom Beerdigungsinstitut nach Kräften und auch der Pfarrer übernahm seine Aufgabe, ohne viel nachzufragen.bei der Beerdigung kam eine stattliche Anzahl an Menschen zusammen. Der Chor, die Beamtenvereinigung, eine Abordnung der Sparkasse, die Nachbarn und noch allerlei Menschen, die ich zum Teil vom Sehen kannte, zum Teil mir völlig unbekannte Leute waren. Die Kirche füllte sich. Mutter, Susanne, ich und Cousine Gudrun mit ihrer Familie saßen ganz vorne neben dem prunkvoll geschmückten Eichensarg. Ein Strauß roter Rosen mit unseren Namen auf der Trauerschleife prunkte ganz oben. Die Messe war sehr feierlich mit einer Ansprache des neuen Direktors der Sparkasse und der musikalischen Umrahmung des Gesangvereins. Mich umhüllte der Weihrauchgeruch der Kirche und ich versank in einer Art meditativem Dämmerzustand. Dass Vati nicht mehr war, konnte ich immer noch nicht fassen. Ich hatte große Angst vor dem, was nun auf mich zukam. Die beiden Frauen waren auf ihre Weise genauso hilflos wie ich. Alles hatte der Vater gemanagt, er gab die Richtung vor. Ich konnte nicht in seine Fußstapfen treten. Sie waren mir einfach zu groß.andachtsvoll gingen wir nach der Messe hinter dem Sarg her zum Friedhof. Dort wurde er auf das offene Grab über zwei Bretter, die quer lagen, gestellt. Nochmals gab es eine Ansprache, dieses Mal von einem der Beamtenvertreter. Zudem hatte sich Gudruns Mann bereiterklärt, für die Familie zu sprechen. Er schilderte kurz den Werdegang des Vaters, dann wurde der Sarg hinuntergelassen. Mutter trat als Erste vor, segnete ihn mit einem Spritzer Weihwasser und warf eine kleine Schaufel voll Erde hinterher. Danach war Susanne an der Reihe und schließlich ich. Wir stellten uns nebeneinander auf und der große Trauerzug zog an uns vorbei, man kondolierte und machte sich auf den Weg ins Gasthaus. Als Letzte kamen wir dort an, setzten uns ans

Ende des Tisches und der Leichenschmaus konnte beginnen. Es gab gekochtes Rindfleisch mit Semmelkren. Ich muss gestehen, es schmeckte vorzüglich, obwohl Susanne und ich dachten, wir würden keinen Bissen hinunterbekommen. Der Saal brodelte von den Gesprächen und Erinnerungen, welche die Leute untereinander austauschten. Mit der Zeit vergaß man, dass man sich eigentlich von einem Menschen verabschiedet hatte, den man seit langem kannte und den man nie wiedersehen würde. Das kam uns erst wieder zu Bewusstsein, als wir zu Hause ankamen und die Wohnung betraten. Wir setzten uns alle drei auf den Diwan und starrten den leeren Ohrensessel an.»Wie soll es nun weitergehen?«, seufzte die Mutter.Susanne zuckte mit den Achseln.»Du musst um Witwenrente ansuchen, sonst können wir nicht mehr für die Miete aufkommen. Außerdem muss das Erbe beantragt werden.«

»Und die Beerdigung müssen wir bezahlen«, sorgte ich mich.

Nach der Reihe flatterten dann die Rechnungen herein. Der Sarg kostete, die Blumen, die Grabstätte, der Bestatter, die Totenbilder, die Messe, der Leichenschmaus, der Grabstein ... und, und, und. Mutter hatte keinen Zugang zu Vaters Konto, so musste ich alle meine Ersparnisse zusammenkratzen, um die Schulden zu begleichen. Es dauerte fast ein dreiviertel Jahr, bis die Erbschaftsangelegenheiten beim Notar geregelt waren und Susanne und ich einen bescheidenen Anteil von Vaters Geld bekamen. Das meiste hinterließ er der Mutter, die dadurch die Wohnung halten konnte, nachdem sie mir die ausgelegten Bestattungskosten zurückgezahlt hatte. Nun klammerten sich die beiden Frauen aber noch mehr an mich und die ruhigen Wochenenden in meiner Wohnung wurden zunehmend seltener. Susanne wollte jetzt öfter raus in die Badener Innenstadt, die Schaufenster betrachten und auch einkaufen. Das hatte sie sich bei Vater nur sehr selten getraut, da sie ja kein eigenes Einkommen hatte und deshalb auf Taschengeld von ihm angewiesen war. Die Mutter konnte sie aber schneller und einfacher von der Unbeschwertheit einer Einkaufstour überzeugen. Zudem lenkte uns dies von der Trauer ab. Ich trippelte manches Mal mit, versuchte aber immer öfter, Ausreden zu finden. Mein Gehalt war ja auch bescheiden, als Hilfsarbeiter. Da machten die beiden den Vorschlag, ich solle doch wieder zu ihnen in die große Wohnung ziehen. Nach langem Nachdenken entschloss ich mich dazu, da ich ja ohnehin die meiste Zeit dort verbrachte. Ich musste eine Umzugsfirma beauftragen, obwohl die Möbel nur über den Flur zu schleppen waren. Aber ich kannte niemanden, den ich zu fragen wagte. Ich hörte die spöttischen Bemerkungen der Mitarbeiter über den kurzen Weg, denn so einen Auftrag hatten sie sicher sehr selten. Wir waren alle froh, als die Wohnung geräumt und Susanne und ich sie am nächsten Tag durchputzen konnten. Frau Fuhr übernahm die Schlüssel und meine Selbstständigkeit war zu Ende. Das hatte allerdings den großen Vorteil, dass ich mich ab nun nicht mehr um das Essen kümmern musste oder den Einkauf. Es begann eine anfangs sehr harmonische Zeit, die allerdings schnell vorüber war, da sie geprägt war vom Verlust und der Trauer um den Vater und Ehemann. Obwohl er oft herrschte und neben sich kaum eine andere Meinung gelten ließ, vermissten wir ihn und seine Art. Wie oft hatten wir uns ein wenig mehr Freiheit gewünscht, jetzt hatten wir sie und wussten sie nicht recht zu nutzen. Zudem sollte ich nun die Rolle des Mannes in der Familie einnehmen und Entscheidungen treffen, die Finanzen verwalten, mich um die Versicherungen kümmern und das Auto. Ich hatte nie einen Führerschein gemacht, ebenso wenig wie Susanne. Es war immer nur der Vater gefahren. Seit dessen Schlaganfall stand der Opel Rekord unten auf dem Parkplatz. Ich hatte überhaupt kein Verlangen danach, diesen zu fahren, geschweige denn, eine Fahrschule zu besuchen, um die notwendige Fahrerlaubnis zu erlangen. Litt ich schon vorher unter den unerreichten Ansprüchen des Vaters, so stürzten mich meine Mutter und Susanne nochmals in einen tiefen Abgrund. Alle drei waren wir orientierungslos ohne die genaue Anleitung des Vaters. Und ich war unfähig, seine Nachfolge anzutreten. Wie auch? Hatte ich doch nie auch nur annähernd die Gelegenheit gehabt, selbstständig Entscheidungen zu treffen. Jeden Tag war ich froh, zur Arbeit gehen zu können. Die beiden Frauen mussten selbst schauen, wie sie durch den Tag kamen, was sie mir am Abend dann lang und breit vorhielten. Susannes Laune wurde noch unberechenbarer und vor allem bösartiger. Mutter flüchtete sich wieder in diverse Krankheiten. Ich wünschte mir meine Wohnung zurück. Mein Zimmer in der gemeinsamen Wohnung war klein, und ich hatte kaum Platz darin, zudem ich auch den Schreibtisch unterbringen musste, denn im Wohnzimmer stand ja der andere, größere, und die beiden wollten diesen auf keinen Fall hergeben. Meistens war Vater unser Gesprächsthema am Abend. Was er nun gemacht hätte, was er zum Wochenende hin geplant hätte und was er in der Vergangenheit oft gemacht hatte. Nur sehr langsam fanden wir uns in der neuen Situation ohne ihn zurecht. Ich setzte durch, dass der veilchenblaue Rekord verkauft wurde. Die beiden Frauen sahen schließlich ein, dass ich den Führerschein niemals erhalten würde. Hatte ich doch seit Jahrzehnten keine Schule mehr besucht und war im Lernen völlig ungeübt. Geschweige, dass ich mich im Verkehr zurechtgefunden hätte. Sehr selten hatte ich mal neben Vater gesessen und ihm beim Fahren zugesehen. Gang lösen, Zündung einschalten, Kupplung treten, Gang einlegen, Handbremse los und dann sanft aufs Gas steigen. Das hätte ich vielleicht noch geschafft. Aber die Schilder lesen, gleichzeitig schalten, auf die Fußgänger achten, die anderen Autofahrer beobachten und mich vielleicht noch mit der Mutter auf dem Beifahrersitz unterhalten, die häufig ängstlich ihre Beobachtungen herausgerufen hatte, hätte ich nie und nimmer bewältigt. Was war ich froh, als das Auto an den Mann gebracht war! Sicher zu einem für uns ungünstigen Preis, denn der Käufer konnte gut verhandeln, aber mit großer Erleichterung gab ich ihm die Papiere und den Schlüssel. Ich fuhr am liebsten mit dem Fahrrad zur Arbeit oder mit dem Autobus, wenn es regnete. Und das behielt ich bei. Wenn Mutter und Susanne irgendwo hinwollten, konnten sie sich ja ein Taxi rufen. Das Geld dazu hatte der Verkauf des Opels gebracht.Mutters Herz wurde in den kommenden Monaten schwächer. Sie musste im Treppenhaus viele Pausen machen, wenn sie nach oben wollte. Hinunter ging es leichter. Sie wurde im Spital genau untersucht und dann zur Kur nach Ingolstadt geschickt, anschließend ging es ihr etwas besser. Um Weihnachten herum verließen sie merklich ihre Kräfte. Ich brachte einen kleinen Christbaum mit nach Hause und schmückte ihn gemeinsam mit Susanne. Rote und blaue Kugeln hängten wir auf, Lametta rundherum, Strohsterne und obendrauf eine silberne Spitze. Mutter blieb auf dem Sofa liegen und sah uns zu. Manchmal platzte sie eine Anweisung heraus und Susanne blaffte zurück. Mutti wollte die Kerzen anders angebracht haben. Sie hatte Angst, das Wachs würde ihr den Teppich ruinieren. Wir machten uns Wiener Würste mit italienischem Mayonnaisesalat. Den Nachtisch hatte Susanne am Vormittag aus der Konditorei geholt. Unser erstes Weihnachten ohne Vater. Nun musste ich das Evangelium laut vorlesen und danach hatte keiner Lust zu singen. Vati war unser Sänger gewesen. So schalteten wir das Radio ein und Mutti musste herzhaft weinen, als »Stille Nacht« erklang. Bei »Leise rieselt der Schnee« wurde es nicht besser. Ich war dafür, das Radio auszuschalten und fernzusehen. Aber das lenkte auch nicht ab. Egal was wir taten, es erinnerte alles daran, dass der Vater fehlte. Unser Halt und unsere Führung waren nicht mehr da. Die Feiertage verbrachten wir zu Hause, nur einmal unterbrochen von einem Besuch. Cousine Gudrun kam mit ihrem

Mann und den beiden Kindern. Sie bewunderten den Christbaum, erzählten von ihrem Weihnachtsabend und fuhren bald nach Hause, weil Mutti wieder nur weinte, sobald die Rede irgendwie auf Vati kam. Und das kam sie zwangsläufig, weil alles in unserem Leben mit ihm zu tun hatte.Silvester blieben wir nur mit Mühe und Not bis Mitternacht auf, dank des Fernsehers. Dann schauten wir den Raketen zu, wie sie das Jahr 1987 begrüßten. Trotz unserer Trauer stießen wir mit Sekt auf das neue Jahr an, wie wir es immer gemacht hatten.»Das hätte Vati so gewollt«, war Susanne überzeugt. Sie schlief mittlerweile neben Mutter im Ehebett, weil diese sich so einsam und verloren darin fühlte. Ihr Zimmer aber, das ich gerne mit meinem getauscht hätte, wollte sie nicht hergeben. So musste ich weiterhin in meiner kleinen, vollgestopften Kammer bleiben, in der ich mich kaum rühren konnte. Nun ja, genügsam zu sein, war keine Kunst für mich, und so ließen wir alles so, wie wir es gewohnt waren.Der Frühling klopfte mit all seiner Pracht an die Tür. Die Bäume standen in weißem und rotem Blütenkleid und auf dem Beutig trieben die Rosen ihre Knospen aus. Wir bereiteten alles für Ostern vor. Schnitten, putzten, kehrten, pflanzten, was das Zeug hielt. Stiefmütterchen, Hyazinthen, Primeln und Narzissen verwandelten die leichten Hügel in ein Farbenmeer. Ich liebte diese Zeit. Es war noch nicht zu heiß und es war nicht mehr kalt. Die Natur brachte neues Leben hervor, und man spürte im eigenen Körper die Kraft und frische Lebenslust. Am Gründonnerstag radelte ich zufrieden nach Hause. Ich freute mich auf Spinat, Spiegeleier und Kartoffeln. Als ich die Tür aufschloss, kam mir Susanne mit verquollenem Gesicht entgegen.

»Die Mutti ist im Spital«, begrüßte sie mich, und die Tränen, welche nur kurz Pause gemacht hatten, flossen wieder.»Wieso?«, fragte ich erschrocken.

»Ihr wurde so schlecht und sie konnte kaum atmen«, brachte Susanne stockend heraus. »Ich habe die Rettung gerufen, und sie haben sie sofort mitgenommen. Mehr weiß ich nicht.«Das Beste wäre natürlich gewesen, sofort anzurufen, aber ich telefonierte nicht gerne wegen meiner Hörschwäche, und Susanne war durch ihre Heulerei nicht in der Lage dazu. So mussten wir uns bis zum nächsten Tag gedulden. Ich fuhr auf den Beutig und nahm mir für den Tag frei. Dann radelte ich zum Klinikum Mittelbaden. Susanne kam mit dem Taxi hin. Wir gingen sofort zur Station, nachdem uns der Portier verraten hatte, wo die Mutter lag. Zuerst wollte man uns nicht hineinlassen, mit dem Verweis auf die Besuchszeiten. Hier war Susannes temperamentvolles Auftreten mal von Vorteil.

»Ich will sofort mit dem Arzt sprechen«, herrschte sie die Krankenschwester an. »Wir wissen noch überhaupt nicht, was los ist, und wir gehen nicht eher nach Hause, bis man uns Bescheid gibt.«

Die Pflegerin gab nach und lief über den langen Flur ins Schwesternzimmer. Nach fünf Minuten kam uns ein älterer Mann in weißem Kittel entgegen, der sich als Doktor Schwarz vorstellte.»Das Herz Ihrer Mutter ist schon ziemlich angegriffen, aber da erzähle ich Ihnen ja nichts Neues«, begann er seine Erklärung. »Sie war deshalb schon oft zur Behandlung hier. Das Beste ist, wenn wir operieren und ihr einen Herzschrittmacher einsetzen. Aber das ist erst nach den Feiertagen möglich. Wir lassen sie über Ostern hier und entscheiden anschließend über einen Termin. Sie können sie gerne kurz besuchen, aber dann kommen Sie bitte erst nachmittags wieder!«Wir nickten ergeben und folgten der Schwester. Sie öffnete die schwere Zimmertüre und wir traten leise ein. Im mittleren Bett lag sie, gut zugedeckt und fast so weiß wie das Laken selbst. Sie hatte die Augen geschlossen. Mit einem Nicken begrüßten wir die beiden anderen Patientinnen und traten ans Bett. Susanne hatte schon wieder Tränen in den Augen und auch mir war flau zumute. Wir hatten Mutter schon oft blass und krank in einem Spitalbett liegen gesehen, aber diesmal war es irgendwie anders. Vaters zuversichtliche Art fehlte. Mit einem Scherz brachte er sie meistens zum Lachen und sie wurde immer wieder gesund. Da wir sie nicht wecken wollten, gingen wir leise wieder hinaus und beschlossen, am Nachmittag wiederzukommen. Dann würde sie sicher wach sein bei dem Wirbel, den die Besuchszeiten auslösten. Wir gingen zu Fuß bis zur Busstation. Ich schob das Fahrrad, auf das ich mich erst setzte, nachdem Susanne in den Bus eingestiegen war, und radelte dann heim. Dort saßen wir mehr oder weniger verloren herum. Ich bereute, nicht arbeiten gegangen zu sein, wenigstens vormittags. Verging doch die Zeit so viel schneller. Susanne kochte ein Nudelgericht, welches wir ziemlich schweigsam zu uns nahmen. Dann machten wir uns wiederum auf den Weg in das Klinikum. Mutters Augen leuchteten uns entgegen, als wir ins Zimmer traten. Sie freute sich sichtlich.»Es geht mir bereits etwas besser«, sagte sie schwach. »Diesmal war es besonders schlimm.«Kreislaufprobleme hatte sie öfter und wegen ihres Herzens musste sie alles langsamer machen, dies war nichts Außergewöhnliches. Wir sprachen sie auf die Operation an.»Der Arzt hat schon mit mir darüber gesprochen«, flüsterte sie. »Mir wäre es am liebsten, wenn das der Vati noch hätte entscheiden können.«

Susanne und ich schauten uns an.»In diesem Fall müssen wir auf den Arzt hören«, entgegnete Susanne entschieden. »Rolfi und ich mischen uns da nicht ein.« Und den Vati können wir ja nicht mehr fragen, dachte jeder von uns.Im Zimmer nahm die Lautstärke zu, als die Familie der Bettnachbarin kam. Unsere Unterhaltung verstummte und man merkte der Mutti die Erschöpfung an. Wir blieben trotzdem bis zum Ende der Besuchszeit sitzen. Dann verabschiedeten wir uns mit einer kurzen Umarmung und zwei Küssen rechts und links auf ihre Wange und sagten, dass wir morgen wiederkämen. Aufatmend traten wir auf den Gang hinaus, wo aus jedem Zimmer die Leute strömten. Durch einen Lautsprecher wurden wir angewiesen, die Station zu verlassen, und wir fuhren heim. Wir kamen uns vor wie zwei verwaiste Kinder. Der Schrecken, dass wir etwas entscheiden sollten, was Mutters Genesung betraf, saß uns in den Knochen.

»Wenn der Arzt es sagt, wird es schon richtig sein«, meinte ich dazu.

»Ja, das glaube ich auch«, erwiderte Susanne. »Vati hätte sicher nichts anderes gesagt. Sie schaut ja wirklich ziemlich mitgenommen aus.«So beruhigten wir uns und versuchten, zuversichtlich zu werden.Am nächsten Morgen klingelte sehr früh das Telefon. Ich hörte es wie durch einen Schleier, zwar gedämpft, aber doch schrill. Ich selbst nahm das Telefon äußerst selten ab. Nur wenn ich alleine zu Hause war oder gerade zufällig danebenstand. Dann reichte ich allerdings sofort den Hörer an die zunächst heraneilende Person weiter. Da ich daheim das Hörgerät so gut wie nie trug, hätte ich den Anrufer nicht verstanden. Nur das Klingeln nahm ich wahr, so auch an jenem Morgen.Noch bevor ich mich aus dem Bett geschält hatte, stand Susanne in meinem Zimmer. Sie sah mich nur stumm an. Ihre Augen flackerten und ihr Mund bebte, aber sie brachte kein Wort heraus.

»Was ist denn los?«, fragte ich erschrocken, schlug die Bettdecke zurück und richtete mich auf.»Mutti«, formten ihre Lippen. »Die Mutti ist tot.«

Nein, ich konnte es nicht glauben, ich wollte es nicht glauben.»Sag das noch mal«, rief ich in der Hoffnung, ihre Worte falsch entziffert zu haben.»Die Mutti ist tot!«, schrie Susanne und brach in entsetzliches Heulen aus. Sie schlug sich die Hände vor das Gesicht und lief ins Wohnzimmer. Ich fasste nach der nächstliegenden Hose und einem Hemd, zog mich an und ging ebenfalls hinüber. Susannes Schreien ging in ein Schluchzen über.

»Sie haben sie heute Morgen verstorben aufgefunden. Um vier Uhr hat sie noch geatmet bei der Kontrolle und um sechs Uhr, als man Fieber messen wollte, war es schon vorbei. Die Mutti ist tot!«

Jetzt waren wir wirklich Waisenkinder. Gestern hatten wir es nur gefühlt und heute war es wahr geworden.»Wir müssen ins Krankenhaus«, sagte ich nach einiger Zeit. Ich war wie erstarrt. Bevor ich die tote Mutter nicht gesehen hatte, wollte mein Verstand dies nicht glauben. Wir brachen auf. Zuerst wollten wir ein Taxi nehmen, dann entschieden wir uns doch für den Bus, dadurch ließ sich das Unvermeidliche noch ein wenig hinauszögern. Die Normalität der anderen Menschen beruhigte etwas und lenkte ab.Der Portier der Klinik schickte uns zur Leichenhalle des Krankenhauses, wo wir völlig verängstigt den kühlen Gang betraten. Zum Glück erblickten wir einen Pfleger. Er war bereits von unserer Ankunft informiert worden und nahm uns in Empfang. Sachte öffnete er eine Zimmertüre und dort war die Mutter aufgebahrt. Wir sahen nur den Kopf, der Rest des Körpers lag unter einem weißen Tuch. Sie hatte die Augen geschlossen, den Mund leicht geöffnet. Die Haut war noch bleicher als gestern Nachmittag. Fremd und unnahbar lag sie da. Aber der Gesichtsausdruck war entspannt. Alles Gequälte war aus ihm gewichen, und wir hatten beide das Gefühl, dass sie sich bereits in anderen Sphären befand. Trotzdem erfasste nun auch mich der Schrecken des Endgültigen. Nie wieder würde ich mit meiner Mutter sprechen können. Nie wieder ihr Lachen hören oder das Gejammer über ihre verschiedenen Schmerzen, oder die Traurigkeit darüber, dass Vater nicht mehr da war. Nie wieder würde sie für mich kochen oder interessiert danach fragen, wie mein Arbeitstag war. Keine Artikel aus der Zeitung mehr vorlesen oder sich über irgendwelche Prinzessinnen aus den verschiedenen Königshäusern aufregen. Ich fühlte mich allein, schrecklich allein, obwohl Susanne neben mir stand und still vor sich hin weinte.Man gab uns die Zeit und Ruhe, die Situation anzunehmen und uns wieder etwas zu fassen.

Als es so weit war, gingen wir auf den Gang zurück und steuerten zum Schwesternzimmer. Dort saß der Pfleger, fragte, welches Beerdigungsinstitut er mit der Abholung beauftragen solle, ließ sich dies schließlich unterschreiben und gab uns den Totenschein. Wir kannten den Ablauf nur zu gut von Vaters Begräbnis und so ging alles seinen Gang. Doch zuerst mussten wir Ostern vorübergehen lassen. Wir verbrachten den Karsamstag, den Ostersonntag und Ostermontag in den eigenen vier Wänden, unterbrochen nur von den Telefonaten, die wir mit Mutters Bekannten führten und den paar Verwandten, die wir hatten. Hauptsächlich ließen wir uns vom Fernseher ablenken, keiner hatte Lust, nach draußen zu gehen.

Endlich war es so weit und wir konnten die offizielle Verabschiedung feiern. Die Messe dauerte nicht lange, weil die Reden fehlten. Auch waren viel weniger Menschen anwesend als bei Vater ein knappes Jahr zuvor. Trotzdem war es feierlich und wir weinten die meiste Zeit vor Ergriffenheit. Ich sehr verstohlen, Susanne offen und laut, was ihr zahlreiche tröstliche Umarmungen einbrachte. Im Gasthaus schmeckte mir diesmal das Essen nicht so gut wie bei Vatis Beisetzung. Es gab wiederum gekochtes Rindfleisch mit Semmelkren, nur dass dieses Mal die Anwesenheit und Geborgenheit der Mutter fehlte.

Susanne und ich waren froh, als wir wieder in unserem sicheren Heim ankamen, aber wir mussten uns der bitteren Wahrheit stellen. Die Eltern waren tot und wir zwei fühlten uns übriggeblieben, aufeinander angewiesen und total abhängig. Nun musste ich mit meinem geringen Gehalt für Susanne mitsorgen. Die Witwenrente von Mutter fiel weg und die Beerdigungskosten waren zu bezahlen. Das hieß, Susannes Einkaufstouren waren gestrichen, auch ihre Abstecher in die Kaffeehäuser oder die teuren Taxifahrten zu diversen Ausflugspunkten. Sparen war angesagt. Bescheiden zu leben war für mich keine Herausforderung, für Susanne sehr wohl. Sie hatte die Jahre genossen, mit den Eltern unterwegs zu sein, Aufmerksamkeit zu bekommen und Abwechslung zu haben. Das konnte ich ihr nicht bieten und dementsprechend verwandelte sich ihre ohnehin schon sehr labile Laune in permanente Gereiztheit. Sie fand nachts oftmals nicht in den Schlaf und war tagsüber nervös und unruhig. Zumindest kochte sie, wenn ich abends von der Arbeit nach Hause kam. An den Sonntagen kochte ich. Das Geschimpfe über die Leute blieb erhalten und man konnte nicht behaupten, dass zwischen uns eine besondere Harmonie vorhanden war. Wir versuchten trotzdem, Rücksicht zu nehmen, das Beste daraus zu machen, schließlich hatten wir nur noch einander. Der Alltag wurde aufgelockert mit ein paar Einladungen der ehemaligen Lehrmädchen vom Beutig, und auch Cousine Gudrun versuchte anfangs, mit uns Kontakt zu halten. Allerdings kam sie mit Susanne überhaupt nicht zurecht und so wurden diese Einladungen immer seltener. An einem Sonntagnachmittag im Oktober 1989 kam Susanne kaum vom Diwan hoch und es war ihr sonderbar zumute. Ich brachte sie ins Bett, wo sie sich immer weniger rühren konnte. Ich rief unseren Hausarzt Dr. Rieger an, welcher sich aber gerade im Urlaub befand. Sein Stellvertreter Dr. Albert kam vorbei und verschrieb ihr ein paar Medikamente. Ihr Zustand verbesserte sich etwas, und nach zwei Wochen untersuchte sie Dr. Rieger, der aus den Ferien zurück war.»Sie müssen in die Klinik, Susanne«, sagte er ihr, nachdem er sie gründlich abgehorcht hatte.»Kommt nicht in Frage, Herr Doktor«, antwortete Susanne laut und nachdrücklich.»Ich bleibe, wo ich bin. Rolfi kümmert sich um mich.«

»Es geht nicht ums Kümmern«, erklärte der Hausarzt.»Sie bewegen sich zu wenig. Wie ich hörte, sind Sie die letzten zwei Wochen kaum aus dem Bett gekommen. Das kann so nicht weitergehen. Sie sind erst 55 Jahre alt. Der Körper baut schnell ab. Außerdem sollte man genauer feststellen, was die Ursache für Ihre Schwäche ist. Es liegt ja in der Familie, dass die Herzen und Blutgefäße anfällig sind.«

Ein großer Krach ging los. Susanne schrie den Doktor an, dass ihn das nichts angehe. Der Arzt schrie wiederum zurück, dass er die Verantwortung für ihre Gesundheit habe. So gab ein Wort das andere. Ich weiß gar nicht mehr genau, was die beiden sich alles an den Kopf warfen. Schließlich kam Dr. Rieger heraus und sagte zu mir, wir könnten uns jemand anderen suchen, nach so vielen Jahren der Betreuung ließe er sich nicht so beleidigen. Wieder einmal waren die Pferde mit Susanne durchgegangen. Aber in diesem Zustand ohne ärztliche Aufsicht, das ging nicht. Ich war den ganzen Tag in der Arbeit und sie alleine. Wenn da was passiert wäre, hätte ihr niemand helfen können. Ich wandte mich also wieder an Dr. Albert, den Stellvertreter von Dr. Rieger, und er kam in den nächsten Tagen vorbei.»Was machen wir denn jetzt?«, fragte er mich schließlich dämlich, als sich Susanne auch bei ihm verweigerte.Nun, dass musste er als Fachmann eigentlich selbst wissen, so was fragte man doch nicht. Ich schaute ihn erstaunt an und ärgerte mich. Wusste ich doch selbst nicht, wie mit Susanne umzugehen war. Aber dass ich nicht mehr länger zuschauen und mich schikanieren lassen wollte, das wusste ich.»Sie muss in eine Klinik«, sagte ich zu dem Arzt, als wir in der Küche standen und beratschlagten. »Sie ist den ganzen Tag allein. Trinkt kaum, isst nichts, liegt nur herum, bis ich komme.«

»Ich werde für morgen die Einlieferung in die Klinik nach Ebersteinburg veranlassen«, beschloss Dr. Albert. Ich war einverstanden, verlangte aber, dass er ihr dies selbst mitteilen solle, bevor er ginge. Wieder gab es lautes Geschrei, dem sich der Arzt aber nicht lange aussetzte. Er zog die Tür zu, als er aus ihrem Zimmer herauskam, und reichte mir die Hand zum Abschied.»Morgen um sieben Uhr wird sie geholt«, versicherte er mir und ging.Später betrat ich Susannes Zimmer, um ein paar Sachen zusammenzupacken.»Kannst mich wohl nicht schnell genug loswerden!«, fauchte sie.Ich antwortete nicht, richtete alles her, brachte ihr zu essen und eine Kanne Tee und zog mich dann vor den Fernseher zurück. Mit ihr zu reden hatte keinen Sinn. Sie hatte sich in etwas reingesteigert und da bekam man sie nur schwer raus. Mutti war es meistens gelungen, aber mir noch nie. Was war ich froh, als am nächsten Tag wirklich die Sanitäter klingelten, sie auf die Bahre hoben und hinuntertrugen. Die Nachbarn äugten neugierig aus den Türen hervor. Aber sie trauten sich erst, zu fragen, als der Rettungswagen abgefahren war. Alle kannten Susanne nur zu gut. Ich erklärte es kurz und radelte anschließend zur Arbeit. Am nächsten Tag fuhr ich mit dem Bus ins Krankenhaus. Dort erklärte man mir, dass man für Susanne hier nichts tun könne, sondern sie in der Stadtklinik Baden-Baden besser aufgehoben wäre, wohin man sie zwei Tage später überwies. Ich besuchte sie, so oft ich konnte. Manchmal schlief sie die ganze Besuchszeit über, manchmal war sie wach und wir konnten uns gut unterhalten. Der Stationsarzt sagte mir, dass es nicht gerade zum Besten mit ihr stehe. Am 7. November brachte ich ihr ein Stück Kuchen aus der Konditorei mit. Sie hatte Geburtstag und freute sich über das Stückchen, welches sie mit Appetit aß. Wir saßen die ganze Besuchszeit beieinander, auch wenn es nicht viel zu erzählen gab. Zum Abschied drückte ich ihr fest die Hand und versprach, übermorgen wiederzukommen.

Als ich zwei Tage später auf dem Weg zu ihrem Zimmer war, fing mich der Stationsarzt ab.

»Ich muss Ihnen leider mitteilen, dass Ihre Schwester gestern Nachmittag verstorben ist«, informierte er mich.Er musste es dreimal sagen. Zuerst hörte ich es nicht genau, dann wollte ich es nicht glauben und schließlich fuhr mir der Schrecken in alle Glieder. Meine Schwester war verstorben und man hatte es nicht für nötig gehalten, mich sofort zu informieren! Der Arzt zog mich am Arm ins Schwesternzimmer und übergab mich dort der diensthabenden Pflegerin.»Soll ich mit Ihnen runter in die Leichenhalle fahren?«, fragte mich diese mitfühlend.»Nein, das kann ich jetzt nicht ertragen«, schrie ich. »Wieso hat man mich nicht angerufen?«

»Das haben wir, aber es hat niemand abgenommen und später ist es wahrscheinlich untergegangen«, versuchte die Schwester zu erklären.Susannes Tod traf mich genauso unerwartet wie der von Mutti. Aus heiterem Himmel. Natürlich, sie war schon sehr schwach. Auch hatte sie keinen wirklichen Lebenswillen mehr, was mir im Nachhinein klar wurde. Freude hatte sie sowieso schon lange keine mehr. Aber dass sie einen Tag nach ihrem 56. Geburtstag sterben musste, setzte mir schon sehr zu. Eine der Schwestern brachte mir den Totenschein. Ich nannte ihr den Namen des Beerdigungsinstitutes, welches sie anrufen sollte. Es war dasselbe wie schon bei Vati und Mutti, nun musste es auch noch meine Schwester beerdigen.Ich fuhr nach Hause, setzte mich in den Ohrensessel, weinte und schrie meine Trauer, mein Leid und mein Alleinsein stundenlang heraus, bis ich nicht mehr konnte.

Tanja und Peter

Auf dem Esstisch herrschte das reinste Chaos. Papiere lagen herum, Schreibutensilien, Briefstapel, zwei Ordner und in der rechten Ecke standen zwei Weingläser.»Da haben wir aber was geschafft heute, Schatz.« Ich nahm mein Weinglas und hielt es Tanja entgegen. Sie nahm ihres und wir stießen an.

»Wenn das nun auch von Rolf gut angenommen wird, dann schafft er es vielleicht«, meinte sie.Wir hatten Briefe an sämtliche Gläubiger geschrieben, in denen wir sie baten, uns etwas Zeit zu geben, und mitteilten, dass ich mich ab nun mit Herrn Kengelbach gemeinsam um die Schulden kümmern würde. Tanja hatte die Idee, ihm eine Schreibtafel ins Schlafzimmer zu hängen, auf der wir alle wichtigen Dinge notieren konnten, welche zu erledigen oder zu beachten waren. Zudem hatten wir sein Einkommen den Ausgaben gegenübergestellt, sodass er deutlich erkennen konnte, dass sich sein Verhalten drastisch ändern musste. Tanja war es wichtig, dass ich ihm beim nächsten Treffen deutlich machte, dass er durch den Weiterverkauf der nicht bezahlten Münzen betrügerisch gehandelt hätte.Wir waren uns einig, dass ich ihm meine Hilfe nur dann weiterhin anbieten könnte, wenn ich sämtliche Ein- und Ausgänge auf den Kontoauszügen einsehen durfte. Es war klar, dass es für ihn schwer werden würde, so festgefahrene Gewohnheiten zu ändern. Vor allem, wenn es keine andere Abwechslung gab.»Wir können ihn ja mal zu uns einladen«, schlug Tanja vor. »Oder einen Ausflug machen. Auf den Beutig vielleicht, wo er gearbeitet hat.«

»Ich muss in der nächsten Zeit sowieso öfter bei ihm vorbeischauen, wenn die Korrespondenz mit den Gläubigern losgeht«, sagte ich und legte die Briefe in eine Aktentasche. »Diese muss er ja auch noch unterschreiben. Ich fahr gleich morgen hin, damit ich sie übermorgen abschicken kann.«

Erleichtert über die geschaffte Arbeit und doch auch etwas besorgt, räumten wir den Tisch frei und deckten für das Abendessen. Tanja backte einen Kuchen und gab mir ein großes Stück davon für Rolf mit, zu dem ich mich am nächsten Vormittag aufmachte. Mit der Schreibtafel, Kreiden und der Aktentasche beladen, betrat ich seine Wohnung. Als wir uns setzten, schob er mir einen Zettel rüber.

O je, oh jemine, wie ist mir so flau im Magen,
heute kommt wieder mein Schuldnerberater angefahren.
Hoffe, dass ich tue nicht verzagen,
was wird er wieder alles zu mir sagen.
Doch hat er auch ein gutes Herz,
tut einem gerne helfen, aus aller Not, Schuld und Pein,dafür werde
ich ihm ewig dankbar sein.
Ferner gelobe ich nun, in Zukunft nichts Unnötiges mehr zu kau-
fen oder gar zu bestellen,
wenn ich es doch tue, fängt Herr Keßner an zu bellen,
wau, wau, wau.
Wohl dem, der im Kampf des Lebens das Beste nicht verlor,
den Humor!

Ich war zutiefst gerührt. Zum ersten Mal im Leben hatte ein Mensch für mich ein Gedicht geschrieben. Ich wusste kaum, was ich sagen sollte, so lachte ich einfach fröhlich drauflos. »Mein Kaktusherz wird bald nackt sein«, dachte ich, »wenn mir Rolf weiterhin dermaßen die Stacheln rauszieht.« Trotz der misslichen Lage bewahrte er seinen Witz und seine Zuversicht. Vor allem aber hatte er wieder Hoffnung gefunden.Er unterschrieb die Briefe, versprach mir bei seinem Ehrenwort, dass er ab sofort nichts mehr bestellen werde, und gab mir das Einverständnis, seine Kontobewegungen zu überwachen. Gemeinsam hängten wir die Schreibtafel auf, und ich notierte den Termin für unser nächstes Treffen und seine Aufgaben. Dazu gehörte, die Ordner im Schreibtisch zu versorgen und die Post für mich zu sammeln.Er bedankte sich herzlich für den Kuchen und erzählte mir ein paar Geschichten von früher. Dann verließ ich ihn wieder, und Rolf gab mir liebe Grüße für Tanja mit auf den Weg.Bei den nächsten Treffen gingen wir gemeinsam die eingegangene Post und die Kontoauszüge durch. Ich hatte zu diesen Terminen immer die bereits zu Hause am PC vorgeschriebene Korrespondenz dabei, welche Rolf nur noch zu unterschreiben brauchte. Nach vier Wochen zog das erste Tief über uns hinweg. Ich begann wie bei jedem meiner Besuche mit der Durchsicht der Kontoauszüge. Dies hatte im Wesentlichen zwei Hintergründe. Zum Ersten wollte ich mir einen Überblick darüber verschaffen, welche Lastschriften Rolf auf seinem Konto gewährt hatte, und der zweite Aspekt war, zu kontrollieren, ob er sein Ausgabeverhalten an seine Einkommens- und Schuldensituation anpasste.»Rolf, was ist das für eine Überweisung?«, rief ich laut.

Ich sah Angst und Panik in seinen Augen aufleuchten und eine tiefe Röte überzog sein Gesicht.»Ich habe nur diese eine Briefmarke bestellt«, stotterte er. »Es ist eine Wertanlage. Sie ist versilbert«, versuchte er, mir zu erklären.

»Versilbert hin oder her, was willst du mit einer Wertanlage, wenn du sie dir nicht leisten kannst?«, rief ich verärgert und enttäuscht. »Wir haben doch ausgemacht, keine Bestellungen mehr!«

Rolf sah mich betreten an. Ich nahm ein Blatt Papier, schrieb mir meinen momentanen Ärger und meine Niedergeschlagenheit von der Seele und gab ihm das Schreiben. Er las es durch, nickte nur und so gingen wir an diesem Tag wort- und tatenlos auseinander. Tanja war im Garten beim Unkraut jäten und ich klagte ihr mein Leid und meine Ernüchterung.»Vielleicht sind deine Erwartungen zu hoch, Peter«, meinte sie. »Seit Jahren sind seine Bestellungen die einzige Abwechslung und Aktivität. Wenn der Bote die Pakete bringt, hat er kurz jemanden zum Reden, er wird wahrgenommen und er freut sich beim Auspacken.«

Ich überlegte und stellte mir vor, wie Rolfs Alltag ohne diese Abwechslungen ausgesehen hätte. Er wäre noch mehr vereinsamt, als er es ohnehin schon war.»Vielleicht hast du recht«, sagte ich nachdenklich und zog an einer Löwenzahnwurzel. Eigentlich gefiel mir ja der Löwenzahn, aber nicht gerade in unseren Blumenrabatten. Plötzlich fühlte ich mich mit Rolf verbunden. Auch er hatte in seinen Arbeitsjahren dafür gesorgt, dass die Rabatten frei von Unkraut waren. Geduldig, umsichtig und mit einer gewissen Sorgfalt arbeitete er sich die Wege entlang. Irgendwann begann das Ganze wieder von vorne. Weil Pflanzen robust sind. Egal welche. Meistens sind die, die wir loshaben wollen, sogar die Stärkeren. Löwenzahn kämpft sich durch Asphalt hindurch, auch Gänseblümchen. Noch in den finstersten Ecken wächst etwas Grünes. Rolf hatte sich eigentlich bis jetzt sehr gut geschlagen, nach diesen vielen Rückschlägen und Eingriffen in sein Leben und seine Privatsphäre. Er hatte sich eine Welt aufgebaut, die für meine Begriffe zwar nicht erstrebenswert war, aber immerhin hatte sie ihm bis jetzt das Überleben gesichert. Rolf war als Einziger von seiner Familie übriggeblieben und hatte dennoch nie aufgegeben. Zwei Tage später lag ein Brief von ihm im Postkasten, in dem er mich um Verzeihung bat. Er hatte nach unserem schweigsamen Auseinandergehen an diesem Vormittag viele Tränen über seine Handlungsweise vergießen müssen. Auch Tanja bekam feuchte Augen, als ich den Brief laut vorlas, und mir wurden die Knie weich. »Ach, der Arme, jetzt meint er, du kommst nicht mehr«, sagte sie und wischte sich über die Augenwinkel.

»Vielleicht habe ich ein wenig überreagiert«, bereute ich mein Verhalten. »Aber immerhin hat er es ernst genommen und Einsicht gezeigt. Das ist eine Basis, auf der wir gut weitermachen können«, fügte ich hinzu und schob meine eigene Rührung schnell beiseite. Schon am nächsten Tag war ich wieder bei ihm, denn ich wollte ihn nicht eine ganze Woche bis zu unserem nächsten ausgemachten Termin leiden, hoffen und bangen lassen. Mit einer herzlichen Umarmung begrüßten wir einander und ich lud ihn erst mal in sein Lieblingskaffeehaus Böckeler ein, damit ich nicht immer der gestrenge Herr Keßner war. Denn so nannte er mich hin und wieder, wenn er sich allzu unwohl fühlte bei der

Durchsicht der Mahnungen und Briefe, die nun eintrudelten und in denen die Gläubiger uns entweder Zeit gaben oder auch nicht. Wir öffneten die Briefe, die Rolf während der Woche sammelte und auf seinem Schreibtisch stapelte, immer gemeinsam. Eines Tages stieß ich auf eine polizeiliche Vorladung. Ich reichte ihm den Brief hinüber und sagte laut: »Da musst du hin. Es ist eine Vernehmung. Es steht nicht genau da, um was es geht. Das wirst du dann dort erfahren.« Rolf nickte, und wir schrieben das Datum und die Uhrzeit auf die Tafel. Einen Tag nach der Vernehmung rief mich die Polizei an. Ich erschrak zutiefst, da ich dachte, Rolf sei etwas passiert. »Nein, nein, es ist nichts«, beruhigte mich der Polizist. »Aber darf ich fragen, in welcher Beziehung Sie zu Herrn Kengelbach stehen?«

»Ich bin ein Freund und greife ihm etwas unter die Arme«, erklärte ich. »Außerdem helfe ich ihm bei seinen finanziellen Angelegenheiten, aber erst seit Kurzem.« Dann erklärte ich, wie es dazu gekommen war. »Nun, es ist so«, begann der Mann zu erzählen. »Gegen Herrn Kengelbach liegt eine Anzeige wegen Betruges vor. Wir haben versucht, ihm genau zu erklären, um was es geht, aber da er nicht sehr gut hört, hat er wohl nur die Hälfte verstanden und kaum etwas begriffen. Er hat uns schlussendlich einen Zettel mit Ihrer Telefonnummer überreicht.« Dann erklärte er mir den Sachverhalt. Das Schmuckversandhaus Teimer in Pforzheim hatte das Egal-Inkassobüro mit der Eintreibung seiner Forderungen beauftragt. Da Herr Kengelbach diesen nicht nachkam und auch die Ware nicht zurückschickte, wurde Anzeige bei der Polizei erstattet. Ich schilderte dem Polizisten, dass wir gerade dabei seien, einen Schuldentilgungsplan zu erstellen, um die Gläubiger zumindest teilweise bedienen zu können, und sagte ihm auch, dass die Rückstände von Herrn Kengelbach zu einem sehr großen Betrag aufgelaufen seien und wir einfach Zeit bräuchten, um diesen abstottern zu können. Trotz des Verständnisses für die Lage machte

er mir klar, dass sich Rolf des Betruges verdächtig gemacht habe
und er nun die Akte dem Staatsanwalt übergeben müsse. Aber
er versprach, eine Gesprächsnotiz über dieses Telefonat, meine
Telefonnummer und meine Anschrift beizulegen. Ich war einverstanden und bedankte mich mehrmals.Tanja, die alles mitgehört
hatte, schlug die Hände über dem Kopf zusammen. »Es war ja zu
erwarten«, stellte sie fest. »Trotzdem erschreckt es mich. Und wie
muss es Rolf erst erschreckt haben!«, fügte sie mitfühlendhinzu.
Einige Tage später erhielt ich einen Brief, in dem Rolf über den
Vorfall berichtete.

B.-Baden, den 14. M. 11

Hallo, Herr Keßner!

Heute muß ich Ihnen eine wenig erfreuliche Mitteilung ma-
chen.
Ich bekam am Samstag, den 12. 11. eine Vorladung von der Polizei,
daß ich heute um 15.30 Uhr, wegen Betruges erscheinen soll,
(Herr Mörmann).
Was glauben Sie, was mir der Schreck in die Glieder gefahren ist.
Hoffe oder, daß ich aus dieser Zwickmühle wieder ganz und heil
herauskomme.
Wenn Sie am Mittwoch nicht antreffen sollten, haben sie mich
vielleicht schon verlasst Frau den
Hoffe sehr, daß Ihren Geburtstag gut verbracht hat.
Somit bin ich mit
herzlichen Grüßen

R. Keupelbach

Als ich Rolf das nächste Mal traf, fand ich einen zutiefst einge-schüchterten und verunsicherten Menschen vor. Mit 72 Jahren hatte er zum ersten Mal Erfahrungen mit der Polizei gemacht. Ihm war die Tragweite seines Handelns bis dahin nicht bewusst gewesen, obwohl ich mehrmals versucht hatte, es ihm klarzuma-chen. Nun musste er mit den Konsequenzen leben und das Beste daraus machen.»Und wenn ich ins Gefängnis muss?«, fragte er mich ängstlich.

»So schlimm wird es schon nicht kommen«, versuchte ich, ihn zu beruhigen.»Das kann höchstens eine Verwaltungsstrafe geben. Man wird die Sachlage richtig einschätzen, dass du aus Verzweif-lung gehandelt hast und nicht aus Berechnung oder gar, weil du dich bereichern wolltest. Bei Gericht haben sie viel Erfahrung.«

Langsam konnte ich ihn beruhigen, und wir sahen die Post der Woche durch.Wir hatten das Versandhaus Teimer längst ange-schrieben und ebenfalls das Egal-Inkassobüro, das wir um die Aufstellung des letzten Forderungsstandes und der geltend ge-machten Nebenkosten gebeten hatten, allerdings blieben diese Briefe unbeantwortet. So beschlossen wir, vorerst eine Zahlung von 100 Euro in die Wege zu leiten und guten Willen zu zeigen. Vielleicht würden sie die Anzeige zurückziehen.

Wir entschieden, sofort zur Bank zu gehen. Ich wartete vor dem Haus auf Rolf, während er sich langsam anzog. Gemütlich schlen-derten wir die Bismarckstraße entlang und erreichten schließlich die Bankfiliale. Wir betraten das Foyer und wendeten uns einem der Schalter zu. Ich stellte mich dem Mitarbeiter vor und erklärte ihm, dass ich ab nun Herrn Kengelbach bei verschiedenen Auf-gaben beistehen würde. Der Mitarbeiter rief Frau Ritter herbei, die sich als neue persönliche Betreuerin von Rolf vorstellte und uns spontan in ihr Büro bat, wo ich ganz in Ruhe die Sachlage erklärte. Sie war sehr erfreut darüber und versprach, einen Blick in seine Konten zu werfen und ihn zu unterstützen.»Herr Kengelbach, was halten Sie von dem Vorschlag, Herrn Keßner eine Verfügungsvollmacht über Ihr Konto auszustellen?«, fragte sie. Dieser Vorschlag überraschte mich, sahen wir uns doch zum ersten Mal.»Brauche ich da keinen Nachweis über meine Unbescholtenheit?«, fragte ich verblüfft.

»Nein«, antwortete Frau Ritter.»Bei diesem Kontostand nicht«, setzte sie mit einem verlegenen Lächeln hinzu. Rolf zeigte sich erleichtert und unterschrieb das entsprechende Formular. Als wir auf der Straße standen, atmete Rolf tief durch.»Der liebe Gott hilft«, meinte er.»Er schickt mir all die netten Leute.« Dankbar strahlten seine Augen.»Jetzt haben wir uns ein paar Leckerbissen verdient«, sagte ich hungrig und lud Rolf ins nächste Lokal ein, wo wir es uns gutgehen ließen. Frau Ritter hielt ihr Versprechen und einige Wochen nach unserer Vorstellung in der Bank öffnete mir Rolf freudestrahlend die Tür und hielt mir einen Brief vor die Nase. Darin wurde er informiert, dass noch ein Sparbuch seines Vaters mit einem Guthaben von 290 Euro vorhanden sein müsste.»Tja, um an das Geld ranzukommen, musst du das Sparbuch haben. Und das muss ja schon uralt sein, wenn es auf deinen Vater ausgestellt ist«, sagte ich vorsichtig, weil ich ihm die Freude nicht zerstören wollte.»Im Keller lagern ein paar Schachteln von der Wohnungsräumung. Da habe ich alle möglichen Papiere hineingeworfen nach Susannes Ableben. Dort werde ich suchen.«

»Na, viel Glück«, dachte ich bei mir. Als ich Tanja davon erzählte, wäre sie am liebsten sofort zu Rolf gefahren und hätte mitgesucht.»Hoffentlich findet er das Sparbuch noch«, bangte sie.»Das wäre so toll. Gibt es sonst keine Möglichkeit, an das Geld ranzukommen?«

»Das wäre extrem schwierig«, sagte ich.»Was glaubst du, wie viel Geld die Banken haben, welches nicht mehr abgehoben wird, weil die Erben nicht nachweisen können, dass es ihnen gehört. Das wäre mal interessant zu erfahren. Niedrig verzinst für den Einzahler, können sie es als teuren Kredit weitergeben und nebenbei damit ihre Bilanzen schönen. Ich bin auch mal gespannt, ob wir das Geld bekommen.«

»290 Euro sind nicht die Welt«, meinte Tanja. »Das könnten sie schon rausrücken, ohne dass es wehtut.«

»Der Bank tut jeder Groschen weh, den sie rausrücken muss«, erwiderte ich lachend.Wir machten uns auf den Weg in die Pizzeria, wo wir Jutta und Hans treffen wollten. Den beiden mussten wir immer die neuesten Geschichten rund um unseren Mieter aus Baden-Baden erzählen, weil sie regen Anteil an seinem Schicksal nahmen.Ohne große Erwartung klingelte ich die Woche darauf wieder in der Bismarckstraße, und Rolf hielt mir tatsächlich ein Sparbuch entgegen.»Das ist es!«, rief er freudig.

»Wo hast du denn das aufgetrieben?«, fragte ich erstaunt und betrat die Wohnung.

»Es war tatsächlich im Keller, bei den alten Kartons«, strahlte Rolf mich an.»Ich habe zwei Tage lang gesucht, alles durchstöbert, und plötzlich war es da.«

Ein Blick in das Sparbuch verriet, dass es seit Jahrzehnten nicht mehr nachgestempelt worden war. Ich drehte es ein paarmal hin und her, so perplex war ich, dass es wirklich aufgetaucht war.»Wir gehen jetzt sofort zur Sparkasse«, schlug ich vor. »Bin gespannt, was die sagen!«

Bewaffnet mit dem Schreiben der Bank und dem Sparbuch, machten wir uns auf den Weg. Leider war Frau Ritter im Urlaub und so schilderten wir die Angelegenheit einem jungen Angestellten. Dieser notierte sich alles, kopierte unsere Unterlagen und versprach, dass das Geld innerhalb einer Woche auf Herrn Kengelbachs Konto gutgeschrieben würde.Zur Feier des Tages gönnten wir uns ein Eis und schlenderten die Kaiserallee entlang, wo das Spielcasino steht. Schön, wenn es so einfach wäre, an Geld zu kommen. Das dachte ich mir Wochen später wieder, als der

Betrag noch immer nicht auf dem Konto eingegangen war. Wir mussten weitere drei Male die Filiale aufsuchen und jedes Mal einem anderen Mitarbeiter die Sachlage erklären. Mein Geduldsfaden wurde ziemlich heftig strapaziert, bis die Sache erledigt war. Natürlich hatte ich Verständnis dafür, dass gewisse Abläufe eingehalten werden mussten. Wir mussten den Erbschein nachreichen, da das Sparbuch auf Karl Kengelbach ausgestellt war. Kein Verständnis hatte ich jedoch dafür, dass seitens der Bank keinerlei aktives Handeln erfolgte. Ohne meine Mithilfe wäre es für Rolf unmöglich gewesen, zu seinem Geld zu kommen.Ich musste meinen Ärger schlucken, geduldig, freundlich und zuversichtlich bleiben.In der Zwischenzeit erlebten Rolf und ich eine weitere Freude, denn durch den Brief der Bank und die Suche nach dem Sparbuch des Vaters kam ein weiteres Sparbuch zum Vorschein, welches Rolf mir bei einem der nächsten Treffen mit hoffnungsvollem Blick über den Tisch schob. Es war ebenfalls seit Jahrzehnten nicht mehr nachgestempelt worden. Das ausgewiesene Guthaben war in DM geführt und es gab keinen Hinweis über eine Entwertung oder Auflösung. Mich überfiel augenblicklich ein aufgeregtes Kribbeln.»Rolf, wenn das Sparbuch noch Gültigkeit hat, bist du bei deiner Entschuldung wieder einen Schritt weiter!«, rief ich ihm zu.Er nickte freudig.»Da machen wir uns nächste Woche schlau«, sagte ich. »Heute habe ich nicht so viel Zeit.«Wir beantworteten rasch die Post, anschließend fuhr ich zufrieden nach Hause, wo Tanja bereits wartete, wie immer ganz begierig darauf, zu erfahren, was es Neues gab.

»Rolf hat ein weiteres Sparbuch gefunden«, begrüßte ich sie mit einem Kuss und diesem Satz.»Neiiin!«, rief sie begeistert.

»Doch und nächste Woche heißt es wieder: Daumen drücken!«

Als wir vor der Angestellten der Postbank standen und Rolf ihr das Sparbuch überreichte, hielten wir beide die Luft an. Die Frau begutachtete zuerst ungläubig das Sparbuch und dann uns.»Wie alt ist denn das Ding?«, fragte sie skeptisch.»Älter als Sie in Jahren«, sagte ich lächelnd.Sie drehte es ein paarmal hin und her, blätterte es durch, zuckte mit den Achseln und tippte schließlich die Kontonummer des Sparbuches in ihren Computer. Anschließend legte sie es in den Drucker und zu unserer großen Freude begann dieser, zu rattern und zu drucken. Selbst die Postangestellte jubelte.»Super, da ist ja tatsächlich noch was drauf«, staunte sie. Knapp 1400 Euro ergab dieser Segen für Rolf.Als wir wieder auf der Straße standen, bedankten wir uns beim lieben Gott, bei Buddha, Allah, den Engeln und allen Heiligen für dieses Glück. Uns war klar, dass der Himmel einen Hoffnungsschimmer geschickt hatte, damit Rolf aus seiner großen Not herauskommen konnte. Natürlich reichte dieses Geld bei Weitem nicht, seine Schulden zu bezahlen, aber es war eine sehr große Hilfe. Und da aller guten Dinge drei sind, bekam er Ende des Monates noch eine Stromrückzahlung der Stadtwerke von 250 Euro. So hatten wir ein kleines Polster von knapp 2000 Euro zusammen, nachdem wir neben dem Erbschein auch noch die Sterbeurkunde des Vaters nachgereicht hatten.Und dies kurz vor Weihnachten. Das feierten wir bei uns zu Hause zusammen mit Rolf. Ich holte ihn gegen Mittag zu uns und so verbrachten wir den zweiten Adventssonntag gemeinsam. Wir aßen Gulasch mit Reis, anschließend gab es Glühwein und feine Plätzchen, die Tanja und Julia gebacken hatten. Rolf fühlte sich sichtlich wohl in der Runde und der Glühwein zauberte ihm rote Wangen ins Gesicht. Er erzählte einige Anekdoten vom Beutig und vor allem von Alois Holzer. Da Rolf selber gerne dichtete, hatte er sich die Sprüche seines ehemaligen Arbeitskollegen gut merken können.»Heb auf den Zigarettenstümmel, sonst gibt es was, du Lümmel«, dozierte Rolf. »Und die Jugendlichen, denen er das nachrief, bückten sich tatsächlich und entsorgen ihre Stummel im Mülleimer.«»Mit Witz erreicht man die Leute eher, als wenn man schimpft«, meinte Fabian dazu.Wir nickten und lachten. Am späteren Nachmittag fuhr ich Rolf zurück nach Baden-Baden.»Es ist schön, wieder eine Familie zu haben«, sagte er bei der Verabschiedung, und mir schossen die Tränen in die Augen, so gerührt war ich, dass er uns als seine Familie bezeichnete. Wir umarmten uns fest und klopften uns gegenseitig auf die Schulter. Mir war, als kenne ich Rolf schon ewig. Trotz der einseitigen Abhängigkeit entwickelte sich langsam eine tiefe Freundschaft.

Als ich Tanja davon erzählte, freute sie sich ebenfalls sehr darüber und beschloss, ihm einen Weihnachtsbaum vorbeizubringen und ihn gemeinsam mit ihm zu schmücken. Am Tag vor dem Heiligen Abend setzten wir am frühen Nachmittag dieses Vorhaben in die Tat um. Tanja hatte ein kleines Bäumchen besorgt und etwas von unserem Weihnachtsschmuck abgezweigt, da wir nicht sicher waren, ob Rolf solchen besaß.Er war auf unser Kommen vorbereitet und begrüßte uns freudig.

Ich stellte das Bäumchen, welches schon in einem Ständer befestigt war, ins Wohnzimmer. Dort stand eine Schachtel mit Kugeln, Strohsternen und sonstigem Allerlei.»Das ist noch von früher da«, sagte Rolf.»Ich habe es aus dem Keller geholt.«Tanja stellte unsere Schachtel in den Gang und holte nur die Kerzen heraus. Ich überließ es den beiden, den Baum zu schmücken, während ich in der Küche saß und die Post durchschaute. Dabei traf mich wieder einmal fast der Schlag. Obwohl wir Egal-Inkasso mehrmals angeschrieben und gebeten hatten, uns ihre Forderungen von der Firma Teimer exakt aufzulisten, und 100 Euro als guten Willen angezahlt hatten, erhielten wir immer nur das gleiche computerverfasste Schreiben, in welchem nicht auf unser Anliegen eingegangen wurde. Auch der Ursprungsgläubiger, die Firma Teimer, welche wir ebenfalls um Auskunft gebeten hatten, kam unserer Bitte nicht nach. Und jetzt, kurz vor Weihnachten, kam dieser Brief, in dem Egal-Inkasso drohte, das Verfahren, welches gegen Rolf lief, verstärkt fortzusetzen, wenn die Forderung von 1500 Euro nicht umgehend beglichen werden würde. Im Poststapel fand ich dann auch das Überweisungsformular, welches Rolf ausgefüllt hatte und das mit dem heutigen Tagesdatum abgestempelt war.

»Roooolf!«, rief ich so laut ich konnte. Er kam langsam zur Küchentür, hatte er doch an meinem Tonfall erkannt, dass etwas nicht stimmte. »Ja?«

»Rolf, warum hast du das einbezahlt?«, fragte ich ziemlich vorwurfsvoll, da unser ganzes mühsam zusammengetragenes Sümmchen fast gegen null geschrumpft war. »Sie drohen mir in dem Brief noch mal mit dem Verfahren«, sagte er kleinlaut. »Ich kann nicht ins Gefängnis gehen, das schaffe ich einfach nicht. Jetzt, wo ich doch das Geld auf dem Konto habe, um die Rechnung zu bezahlen.«

»Du musst nicht ins Gefängnis«, erklärte ich ihm nochmals. Anscheinend hatten ihn meine beschwichtigenden Worte nach der polizeilichen Vernehmung nicht davon überzeugen können. Und dieser kaltherzige und fast schon als Drohung zu bezeichnende Brief hatte ihn in helle Aufregung und Angst versetzt. Genau das wollten sie erreichen. Angst erzeugen, damit doch noch gezahlt wird, und so hatte dieser Brief seinen Zweck erfüllt. Ich ärgerte mich maßlos, weil ausgerechnet der Gläubiger, welcher sich am wenigsten kooperativ zeigte, seine Forderung erfüllt bekommen hatte und zu der Ursprungsforderung noch eine unverschämt hohe Gebührenlitanei dazu. Tanja stand im Türrahmen und verfolgte unsere Unterhaltung. Auch sie war angewidert von der Vorgehensweise und konnte meinen Ärger nachvollziehen.

»Aber Peter, was ist, wenn du jetzt gleich zur Bank gehst und nachfragst, ob man da nicht etwas tun kann?«, fragte sie. »Er hat doch erst heute Vormittag einbezahlt. Vielleicht habt ihr Glück und man kann das Ganze noch rückgängig machen.«

Sofort setzten wir Tanjas Vorschlag in die Tat um. Rolf und ich schlüpften in unsere Winterjacken, zogen die Schuhe an und machten uns auf den Weg zur Bank. Ich schickte einige Stoßgebete in den Himmel, während wir durch die Häuserzeilen auf die Filiale zueilten, um sie rechtzeitig vor Schalterschluss zu erreichen.Ich legte den Einzahlungsbeleg vor und erklärte die Sachlage. Die Angestellte schaute im Computer nach und fand die Überweisung.»Die Zahlung wurde noch nicht veranlasst«, sagte sie schließlich.»So kurz vor Weihnachten gibt es sehr viel zu erledigen und da verschieben sich diese Angelegenheiten meist etwas nach hinten.«Uns fiel ein Stein vom Herzen. Mit so viel Glück hatte ich dann doch nicht gerechnet. Ich hatte gehofft, dass man die Zahlung rückgängig machen könnte, aber dass sie noch gar nicht zur Ausführung gekommen war, erwies sich als mein schönstes Weihnachtsgeschenk. Wir ließen die Einzahlung stornieren und machten uns erleichtert auf den Weg zurück in die Wohnung, wo Tanja angespannt wartete.»Alles in Ordnung, Schatz«, sagte ich und gab ihr einen Kuss auf die Backe. »Das ging gerade noch gut. Ein Weihnachtswunder!«Rolf freute sich zwar auch, aber er machte sich dennoch große Sorgen über die Folgen dieser nicht bezahlten Mahnung.»Jetzt lassen wir mal Weihnachten vorübergehen und dann sehen wir weiter«, versuchte ich, ihn zu beruhigen.»Selbst diese Inkassobüros haben jetzt geschlossen und arbeiten erst im neuen Jahr wieder. Bis dahin haben wir einen neuen Brief aufgesetzt und dann werden wir mal etwas Druck machen.«

Tanja hatte inzwischen Kaffee aufgesetzt, und nun wollten wir uns nicht mehr länger die Laune verderben lassen von den Machenschaften der Geldeintreiber. Wir bewunderten den Baum, welchen sie sehr schön geschmückt hatte. Rolf bestaunte die fünf Päckchen, die darunter lagen, die er aber erst am Weihnachtsabend öffnen durfte, und wir aßen leckeren Lebkuchen. Die Päckchen stammten von Tanja und mir, den Kindern und meiner Mutter. Auch sie nahm regen Anteil an unserer Geschichte. Bei jedem

Telefonat war Rolf ein Thema. Sie wollte immer wissen, was es Neues gab, und wünschte sich, ihn eines Tages kennenzulernen. Das verschob sich allerdings immer wieder, da zuerst seine Probleme gelöst werden mussten. Am ersten Weihnachtstag besuchten uns Tanjas Eltern und am zweiten Feiertag kamen meine Eltern vorbei.

»Hat sich Herr Kengelbach über das Geschenk gefreut?«, fragte meine Mutter beim Essen.

»Das erfahren wir erst nächstes Jahr, Mum«, antwortete ich. »Wir haben dein Päckchen unter seinen Baum gelegt.«

»Hat er immer noch kein Telefon?«, staunte mein Vater.

»Nein, Paps, und das macht die Sache nicht gerade einfacher«, seufzte ich und erzählte die neueste Aufregung mit der Mahnung und der Einzahlung. »Eine Frechheit, wie man mit den Menschen umgeht«, regte sich meine Mutter auf. »und das so kurz vor Weihnachten.«

»Das war aber wahrscheinlich unser Glück, Mum«, erklärte ich. »Dadurch verzögerte sich die Überweisung und wir konnten sie ganz einfach stornieren.«

»Mit Rolf ist es immer wieder aufregend«, warf Tanja ein. »Wenn der Winter vorbei ist, würden wir ihn endlich gerne mal kennenlernen«, wünschten sich meine Eltern, und wir versprachen ihnen ein Treffen mit Rolf.

Rolf

Susannes Beisetzung war die kleinste der drei Beerdigungen. Sie bekam einen Platz im Grab bei den Eltern. Es war nur etwa ein Dutzend Leute da: Cousine Gudrun, ihr Mann und die beiden Kinder. Zwei Freundinnen, die Susanne aus der Schulzeit kannte und mit denen sie hin und wieder einen Cappuccino im Waldcafé getrunken hatte. Ebenso Herr und Frau Ganze, die Nachbarn aus unserem Wohnhaus. Meine Arbeitskollegen schenkten mir einen wunderschönen Kranz für den Sarg, worüber ich mich sehr freute. Ansonsten wurde es ein bescheidenes Begräbnis. Die Messe war kurz und der Aufenthalt auf dem Friedhof auch. Im Gasthaus gab es zum dritten Mal in drei Jahren gekochtes Rindfleisch mit Semmelkren. Die beiden Freundinnen von Susanne unterhielten sich prächtig und lachten gelegentlich aus vollem Halse, wofür ich mich sehr schämte. Wie kann man lachen, wenn man angeblich eine gute Freundin begräbt? Das konnte ich nicht verstehen und es verstärkte meine Trauer noch mehr. Vom Sohn der einen Frau war Susanne die Patentante. Sie hatte ihm bis zum 18. Lebensjahr jedes Mal etwas zum Geburtstag geschenkt. Aber er hielt es nicht für nötig, zu ihrer Beerdigung zu erscheinen.»Undank ist der Welten Lohn«, dachte ich gekränkt.»Wenn wir dir bei etwas helfen können, melde dich, Rolf«, sagte Gudrun beim Abschied zu mir.»Ja, ja«, meinte ich nur. So selten, wie sie sich in den letzten Monaten gemeldet hatte, nahm ich das nicht ernst. Nicht ein einziges Mal hatte sie Susanne besucht, als sie so krank war. Natürlich verstehe ich, dass meine Schwester eine schwierige Person war. Trotzdem. Nun sieht man mal wieder, was passiert, was man alles versäumt wegen dummer Streitereien. Nichts kann man mehr nachholen. Natürlich behielt ich diese Gedanken bei mir. Ich durfte niemandem einen Vorwurf machen. Ich selbst besuchte ja auch kaum die Leute, weder die Nachbarn noch die Arbeitskollegen und ohne Einladung auch nicht Cousine Gudrun. Und die Einladungen wurden mit dem Ableben der Eltern höchst selten, bis sie überhaupt nicht mehr erfolgten. Vom Gasthaus ging ich alleine nach Hause und setzte mich wieder in den Ohrensessel. Ob nächstes Jahr ich dran war? Nach der Reihe verstarben die Mitglieder meiner Familie und ich, der Jüngste, war noch übrig. Allerdings war meine Gesundheit von stabilerer Natur als die von Mutter und Schwester. Durch meine Arbeit auf dem Beutig war ich ständig an der frischen Luft, hatte Bewegung und Freude an den blühenden Rosen und an den Menschen, die dort herumwanderten. Ich war heilfroh, als ich wieder arbeiten konnte und abgelenkt wurde von meiner Trauer und Einsamkeit. Nur abends und am Wochenende holte mich beides wieder ein. Ich konnte ein Jahr lang keine Operetten mehr hören. Die Erinnerungen an die gemeinsamen schönen Stunden des Lauschens machten mich zu traurig. Fernsehen ging. Meistens schaltete ich den Apparat bereits kurz nach dem Aufstehen ein. Die Lautstärke war auf leise gestellt, ich wollte nur schauen, nicht hören. Am meisten freute ich mich auf die »Lindenstraße«, welche leider nur sonntags kam und auch nicht allzu lange dauerte. Aber mit den Figuren konnte ich mich identifizieren und ich erkannte auch einige Charaktere aus meiner Umgebung wieder, was mich manchmal amüsierte. Doch dann überkam mich auch ein schlechtes Gewissen, war ich doch der einzige Überlebende meiner Familie, wenn ich Cousine Gudrun außer Acht ließ. Mutter war ein Einzelkind und hatte keine nahen Verwandten mehr gehabt, Vaters Bruder war früh verstorben und Susanne und ich hatten es nicht geschafft, eigene Familien zu gründen. Mit meinem Ableben würde dieser Zweig der Kengelbachs ausgestorben sein. Eine seltsame Tatsache. Aber mit fünfzig Jahren auf dem Buckel und als ewiger Junggeselle durchs

Leben wandernd hatte ich keine Chance mehr, daran etwas zu ändern. Die Damenwelt war an mir nicht interessiert. Ich konnte ihnen keinen Vorwurf machen, hielt ich mich doch stets sehr im Hintergrund und versuchte, nicht aufzufallen. Meine Schüchternheit hinderte mich daran, etwas dagegen zu unternehmen. Und augenblicklich hatte ich andere Sorgen.Eines Tages läutete Frau Fuhr an der Wohnungstür. »Herr Kengelbach, Sie sind nun ganz alleine und die Wohnung ist viel zu groß für Sie. Im Parterre zieht der Herr Tomke aus. Da können Sie seine Zweizimmerwohnung übernehmen. Die Miete ist auch etwas günstiger. Meine Tochter wird das Weitere mit Ihnen besprechen«, sagte sie zu mir.Ich wurde einfach vor vollendete Tatsachen gestellt. Keine Frage, ob ich lieber bleiben wolle, nein, ich wurde einfach hinausgeschmissen. Aber ich wollte keinen Krach. Ich fügte mich und packte wieder einmal meine Sachen zusammen.»Die Wohnung müssen Sie aber ordentlich renoviert hinterlassen«, verlangte die Tochter von Frau Fuhr, welche seit ihrer Heirat Binder hieß.»Ich bin nicht in der Lage, die Wohnung zu renovieren«, sagte ich zu ihr. »Ich bin doch ganz alleine und habe mit dem Umzug schon genug zu tun.«

»Ja, hat Ihnen Ihr Vater nichts hinterlassen? Dann könnten Sie doch eine Firma beauftragen.«

»Auf einem Postsparbuch sind 22 000 D-Mark drauf«, fiel mir ein.Da begannen Frau Binders Augen zu leuchten. »Herr Kengelbach«, begann sie zu säuseln. »Wir können es auch ganz einfach machen, wenn Ihnen damit geholfen ist. Sie geben mir die 22 000 D-Mark, und ich werde die Wohnung selbst renovieren lassen. Dann haben Sie keine Mühe und keine Arbeit damit. Ich werde ein Papier aufsetzen, Sie unterzeichnen und sind diese Sorge los. Nun, was meinen Sie?«

Was blieb mir anderes übrig, als darauf einzugehen? Ich hatte keine Zeit und keine Kraft, die Wohnung selbst zu renovieren, keine Nerven, die Instandsetzung in Auftrag zu geben und zu überwachen. Mit dem Umzug war genug zu tun. Ich wollte nicht wieder eine Firma beauftragen, meine finanzielle Lage war mittlerweile doch sehr angespannt, denn die Beerdigung von Susanne musste ich alleine bezahlen. Zudem wurde eine saftige Kaution für die neue Wohnung verlangt. Die alte Kaution behielt Frau Binder ebenfalls ein und so musste ich einen Kredit aufnehmen, welchen ich ohne große Umstände von der Volksbank bekam, da man mich dort kannte.Mit dem Umzug hatte ich Glück, weil Andreas, der Mann von Cousine Gudrun, dabei half. Auch der neue Mieter, Herr Vocke, den ich vom Sehen kannte, da er nur zwei Häuser weiter wohnte, packte mit an. Er war Uhrmachermeister, arbeitete aber seit Jahren beim SWR. Die beiden trugen mir die Möbel runter und bauten auch meinen Kleiderschrank ab und wieder auf.Alle alten Papiere von Vater sowie die Zeitschriften und Unterlagen von Mutter packte ich in Kartons und lagerte sie im Keller.Ich war froh, als meine Sachen alle in der neuen Wohnung waren. Den Schreibtisch, den Vater damals mit Susanne gekauft hatte, nahm Andreas mit. »Für Dieter«, meinte er. Nun gut, ich ließ ihn, obwohl dieser Schreibtisch sehr teuer gewesen war und sich vielleicht gut hätte verkaufen lassen.Die Kuckucksuhr behielt Herr Vocke. »Hier hängt sie doch gut«, sagte er. »Ist doch schade, wenn sie verpflanzt wird oder beim Runtertragen kaputt geht.«Da sie bereits die Tür meines Schreibtisches ramponiert hatten, nickte ich auch dazu. Sehr vorsichtig gingen die beiden Herren nicht mit meinen Sachen um, und Platz hatte ich für die große Uhr auch keinen. Man merkte, wie lästig den beiden Männern die Arbeit war. Andreas half vermutlich nur Gudrun zuliebe. Erleichterung machte sich breit, als der Umzug so weit bewerkstelligt war, dass ich den Rest gut alleine machen konnte. Ich hatte ja insgesamt drei Monate Zeit dazu. So lange betrug die Kündigungsfrist, wobei ich allerdings zwei Monate lang die doppelte Miete zahlen musste. Zum Glück hatte ich den Kredit bekommen.

Eines Tages lag ein Zettel vor meiner Türe, als ich seit einer Woche in meiner neuen Wohnung wohnte. »Schlafzimmerschrank räumen und das Kellerabteil«, stand da kurz und bündig. Ich traute meinen Augen nicht. Ich hatte noch einen ganzen Monat Zeit, um diese Angelegenheit zu erledigen. Ich fand das entsetzlich gemein und brauchte zwei Tage, um es zu verdauen. Die wussten genau, dass ich nicht der Schnellste war und Druck nicht leiden konnte. Gemeint war der Einbauschrank der Eltern, den ich lange Zeit nicht öffnen konnte. Duftete es da drin doch nach Mutter. Und die Kleider des Vaters konnte ich kaum berühren. Als ich Herrn Vocke das nächste Mal traf, sagte ich aber nichts. Ich wollte keinen Streit. Ich blieb stets freundlich, auch wenn ich innerlich kochte und eigentlich sehr verletzt war. »Wenn das Zeug weg ist, kann ich schon mal meine Sachen bringen«, sagte Herr Vocke nach einer kurzen Begrüßung. »Ich dachte, die Wohnung wird renoviert?« erwiderte ich. »Außerdem bezahle ich noch für einen Monat, so lange kann man mir schon Zeit lassen.«

»Ach, das muss man nicht so eng sehen«, sagte Herr Vocke lachend. »Sie wohnen ja schon unten. Und wenn Sie etwas brauchen oder ich Ihnen helfen kann, können Sie sich gerne an mich wenden«, bot er mir an. Aber nachdem ich gesehen hatte, wie gerne und sorgsam er half, verzichtete ich lieber darauf. Ich machte mich also daran, die Wohnung wirklich komplett zu räumen, und lagerte alles in meinem neuen Keller ein. Wegschmeißen wollte und konnte ich nichts. Zum Glück war es vom alten Keller in das neue Abteil nicht weit. Das schaffte ich alleine. Ich wollte niemanden mehr fragen, auch Andreas nicht. In der neuen Wohnung waren nirgends Deckenleuchten montiert. Im Wohnzimmer durfte man dies nicht, wegen des Denkmalschutzes, aber ich wäre ohnehin nicht raufgekommen, da die Wände sehr hoch waren. Der Vormieter hatte eine Stehlampe gehabt, aber eine solche hätte ich kaufen müssen und wer hätte mir die transportiert? Alles, was ich nicht mehr selbst machen konnte, ließ ich sein. ich ging weiterhin mit viel Freude meiner Arbeit nach. Sie lenkte mich davon ab, dass ich nun mein Leben vollkommen alleine meistern musste. Ich kochte mir einfache Sachen, putzte nur, wenn ich es unbedingt für nötig hielt, und verbrachte auch meine Freizeit oft auf dem Beutig. Man kannte mich dort, war freundlich und ich konnte ein paar Alltagsfloskeln wechseln. Mit der Zeit fand ich in mein neues Leben hinein und gewöhnte mich an das Gefühl des Verlassen seins. Immer wieder dachte ich an die verschiedensten Situationen mit meiner Familie und sprach auch hin und wieder laut mit ihnen. Manchmal stellte ich mir vor, sie seien anwesend. Dann rückte ich das Bild der Eltern im Stehrahmen, welches sie an ihrem 50. Hochzeitstag zeigte, auf dem Schreibtisch ein wenig weiter nach links und sagte laut: »Susi, du hast auf deiner Seite noch Platz genug, ich stell das Bild jetzt hierhin.« Ich schmunzelte bei dem Gedanken, dass sie erwiderte: »Lass es bei dir drüben, sonst fliegt es gleich durch die Gegend!« Oder ich sagte: »Mutti, heute hören wir uns den ‚Zigeunerbaron‘ an!« Dann legte ich die alte Platte auf, kuschelte mich in den Ohrensessel und hörte verzückt der Musik zu. Ich freute mich, dass ich dazu wieder in der Lage war, ohne dass mir die Wehmut und Sehnsucht die Tränen in die Augen trieben. Jeden Tag legte ich eine andere Operette auf. Ich hatte zwanzig Schallplatten im Wohnzimmer neben dem Plattenspieler stehen. Diejenigen, welche schon ziemlich verkratzt waren, mussten in den Keller. Wenn ich durch war, fing ich wieder von vorne an. Ich drehte ziemlich laut, aber interessanterweise beschwerte sich nie jemand über die Lautstärke. Vielleicht, weil ich jeweils nur eine Platte hörte und die Nachbarn das irgendwann wussten und tolerierten. Aber ich fragte nicht danach. Ich musste ja auch vieles tolerieren, deshalb fand ich es nur gerecht, wenn ich meine Eigenheiten auch mal ausleben durfte. »Frag nicht lang herum, dann redet auch keiner dumm«, hielt ich mich an Alois Holzers

Weisheiten.Ich besuchte mit den Arbeitskollegen jedes Jahr eine Landesgartenschau. Darauf freute ich mich immer sehr, brachte dieser Ausflug doch etwas Abwechslung in mein eintöniges Leben. In meinem Urlaub fuhr ich immer in dieselben Pensionen. Eine Woche nach Unteruhldingen, wo ich mich sehr für die Pfahlbauten interessierte. Ich fand es faszinierend, dass man diese prähistorischen Bauten überhaupt gefunden hatte, denn lange Jahrhunderte über waren sie im Wasser verschwunden gewesen, bis sie zufällig am Zürichsee zuerst entdeckt wurden. Gebaut wurden sie von verschiedenen Stämmen, um sich voreinander zu schützen und auch als Absicherung gegen Raubtiere und Hochwasser. Alltagsgegenstände wurden ebenfalls gefunden. Die Menschen wussten zu allen Zeiten, wie sich das Leben erleichtern ließ, auch wenn es für unsere Begriffe trotzdem unglaublich mühselig war. Im Freilichtmuseum Unteruhldingen wurden einige Häuser originalgetreu nachgebaut. Auf Holzstegen kann man herumwandern, während die Wellen des Bodensees die Pfähle umspülen. Die Häuser sind mit Lehm verputzt, damit die Feuchtigkeit ausgeglichen wird, und mit Stroh und Reisig eingedeckt. Auch in Asien und Südamerika gibt es diese Pfahlbauten. Ich schaute mir im Fernsehen gerne Dokumentationen darüber an.Die zweite Pension, die ich gerne besuchte, befand sich in St. Wolfgang am Wolfgangsee. Entdeckt hatten wir diesen Ort durch den Film »Im weißen Rössl«. Es war Mutters Lieblingsfilm, und so fuhren wir eines Tages alle vier dorthin und verbrachten einen wunderschönen Urlaub. Vierzehn Jahre lang war er jedes Jahr im Juni unser Höhepunkt, bis Vater zu alt war, um so eine weite Strecke mit dem Auto fahren zu können. Erst zwei Jahre nach Susannes Ableben nahm ich diese Gewohnheit wieder auf. Inzwischen hatte die Schwiegertochter Herta Eisl die Pension übernommen, bei der ich mich immer herzlich willkommen fühlte. Auch die alte Frau Eisl lebte noch. Ich besuchte sie im Pflegeheim, glaubte aber nicht, dass sie mich erkannte. Mit Zug und Bus fuhr ich dorthin und verbrachte zwei Wochen in dieser schönen Gegend mit den vielen Seen, umrahmt von gigantischen Bergen. Einmal schön essen im »Weißen Rössl« gehörte ebenfalls dazu. Mit dem berühmten Film hatte das allerdings nicht viel zu tun. Die Kellner waren ganz normale Leute, weit entfernt von Peter Alexanders Humor. Trotzdem war es immer ein besonderes Erlebnis, welches ich so lange beibehielt, bis ich in Rente ging. Dann konnte ich es mir leider nicht mehr leisten. Zwei Jahre bevor ich in Rente ging, bekam ich eine Thrombose und musste in die Stadtklinik Baden-Baden. Drei Wochen blieb ich, da auch mein Blutdruck zu hoch war und man das Blut verdünnen musste. Es waren schöne Wochen. Ich hatte kaum Schmerzen, wurde aber trotzdem von den Krankenschwestern bestens umsorgt, bekam gutes Essen und musste mich um nichts kümmern. Meine Bettnachbarn wechselten ständig, so hatte ich immer neue Unterhaltung, was ich trotz meiner Schwerhörigkeit genoss. Wenn ich neugierig war, machte ich das Hörgerät rein und wenn ich meine Ruhe wollte, blieb es draußen. Jeden Tag bei der Visite war ich froh, wenn mein Aufenthalt wieder verlängert wurde. Aber eines Tages war es dann doch so weit und ich musste nach Hause. Dort wartete viel Arbeit auf mich. Die Wohnung war verstaubt und das Geschirr nicht abgewaschen, weil ich überraschend mit der Rettung eingeliefert worden war. Zwei weitere Wochen verbrachte ich im Krankenstand, schuf Ordnung, gewöhnte mich an die Medikamente, welche ich nun einnehmen musste, und ging dann wieder auf den Beutig arbeiten. Mein letztes Jahr genoss ich dann besonders. Jeden Monat wusste ich, dass ich diese Arbeit ein letztes Mal machte. Im Sommer die Rosen bewässern, die Wege sauber halten, den Fischteich pflegen. Im Herbst die Rosen schneiden, die Geräte einwintern und Laub zusammenrechen. Im Winter Schnee schaufeln, Holzspaliere ausbessern und streichen. Im Frühling mit der Pflege von vorne anfangen, Spaliere und Bögen aufbinden, Unkraut jäten und die Rosen düngen. So kam der Juni immer näher und somit das Ende meines Arbeitslebens.Im Café Böckeler feierte ich mit zwölf aktuellen und ehemaligen Kollegen meinen Abschied. Ich bekam eine Aufbewahrungstruhe mit ein paar Fächern überreicht, dazu ein Büchlein darüber, wie Baden-Baden einst war. Die Unterhaltungen waren sehr nett, aber ich fühlte mich auch traurig. Ein schöner Teil meines Lebens endete nun.meine Rente war ein bescheidener Betrag, mit dem ich mich sehr einschränken musste, damit ich ein Auskommen finden konnte. Hatte ich schon als Hilfsarbeiter nicht viel verdient, so sah es nun erst recht bitter aus. Wegzuziehen war keine Option, obwohl es woanders sicherlich günstigere Wohnungen gab. Bis jedoch der hierfür notwendige Umzug bewerkstelligt gewesen wäre, hätte sich dieser Vorteil auch längst aufgehoben. Ich wollte an dem Ort bleiben, wo meine Familie so viele Jahre gewohnt hatte, wo ich mich wohl fühlte trotz all der Traurigkeit, die ich täglich fühlte, weil sie mir alle fehlten.Ich fing an, mich nach einem Wesen zu sehnen, für das ich ein wenig sorgen könnte. Als die Hausverwaltung wechselte, packte ich die Gelegenheit beim Schopf und fragte an, ob ich einen Hund halten dürfe. Das wurde mir tatsächlich erlaubt und so nahm ich meinen ganzen Mut zusammen und fuhr eines Tages mit dem Bus zum Tierheim. In der Tasche hatte ich eine Leine und ein Halsband. Ich erläuterte der Frau am Empfang meinen Wunsch und sie beriet sich kurz mit einem Tierpfleger. Anschließend besprachen wir drei, was ich mir so vorstelle, wie meine Wohnung beschaffen sei und ob ich auch täglich mit dem Hund spazieren gehen könne. Ich sagte ihnen, dass ich in Pension sei, viel Zeit hätte und mit einem Schäferhund aufgewachsen sei. In meinem Alter wäre mir aber ein kleinerer Hund lieber.»Wir haben einen Rauhaardackel hier, ich glaube, der würde perfekt zu Ihnen passen«, meinte der Mann schließlich.Ich war etwas enttäuscht, dass ich nicht selber aussuchen durfte, aber vielleicht war es besser, denn am Ende hätte ich mich gar nicht entscheiden können und der Mann wusste sicherlich aus seiner Erfahrung heraus am besten, welcher Hund zu mir passen würde.Er ging nach hinten und kam mit einem grauen, spitzgesichtigen Vierbeiner zurück.»Das ist Seppele«, stellte er den Hund vor. »Er kam vor eineinhalb Jahren hierher, vollkommen verwahrlost und ausgehungert. Wir haben ihn wieder aufgepäppelt und nun hat er sich einen guten Platz verdient. Er ist Jahrgang 1994, also auch schon ein Senior. Ich denke, sie beide passen wunderbar zusammen.«

Und er hatte recht. Ich schloss Seppele sofort in mein Herz. Ich bezahlte die Gebühr, band ihm das neue Halsband um und lief mit Seppele an der Leine nach Hause zurück. Er ging schön bei Fuß, bellte allerdings die Leute an, welche uns begegneten. Ich schrieb das seiner Aufregung zu, waren wir doch beide nervös, da auf uns nun neue Aufgaben und Abenteuer warteten.Der Weg nach Hause war lang, und wir waren beide sehr müde, als wir in der Wohnung ankamen. Seppele machte es sich sofort auf dem Sofa gemütlich und schlief augenblicklich ein. Auch ich machte im Ohrensessel ein Nickerchen. Ein hohes Quietschen weckte mich schließlich. Der Hund hatte Hunger und ich ebenfalls. Vor Tagen schon hatte ich Hundefutter gekauft, eine Wasserschüssel und einen Futternapf. Zudem einen Korb, wo er schlafen sollte, aber den hat er nie benutzt. Er nahm das Sofa in Beschlag und dort blieb er. Die Ausgaben waren schon sehr hoch gewesen, bevor Seppele überhaupt zu mir kam. Aber das nahm ich gerne in Kauf, im Tausch gegen seine fröhliche Gesellschaft.Jeden Tag nach dem Frühstück schlugen wir den Weg zum Friedhof ein. Dort sind Hunde zwar verboten, aber mit dem Seppele an der Leine ging das gut. Niemand beschwerte sich. Die täglichen Besucher kannten mich ohnehin und freuten sich, dass ich nun einen Gesellen hatte. Ich sprach ein kurzes Gebet am Grab meiner Familie, brachte die

Bepflanzung in Ordnung und ging wieder nach Hause. Das war schon vor Seppeles Ankunft ein Ritual und nun erst recht. Der Hund bekam Bewegung, und beide genossen wir unsere Spaziergänge. Das ging so lange gut, bis ich unter der rechten Fußsohle einen Fersensporn bekam. Ab da war das Gehen sehr schmerzhaft und wurde immer schlimmer. Der Arzt konnte mir nicht helfen, verschrieb mir nur eine Einlage mit Fersenpolster und ein paar Schmerztabletten. So konnte ich mit Seppele nur noch kurz raus, und den Rest des Tages verbrachten wir in der Wohnung. Als Trost fütterte ich ihn mit besonderen Leckereien. Das führte aber leider dazu, dass er immer dicker wurde. Eines Tages erwischte uns die Frau Brocken, als ich von draußen reinkam und sie gerade das Treppenhaus putzte.»Der Hund ist aber sehr dick geworden, Herr Kengelbach!«, rief sie mir zu.»Ja, ja, ich weiß. Aber ich kann im Moment nicht so viel mit ihm laufen«, erklärte ich.»Das geht aber nicht«, regte sie sich auf.»Man kann nicht ein solches Tier in der Wohnung halten und es füttern, bis es platzt. Der wird ja bereits ganz aggressiv!«Die gute Frau wusste aber schon, dass Seppele immer alle Leute anbellte, das war nichts Außergewöhnliches. Aber im Treppenhaus hallte es so laut, dass es schlimmer klang, als es normalerweise war. Ich zog Seppele in die Wohnung und schlug die Tür hinter mir zu.»Jetzt kannst du aber wieder ruhig sein«, sagte ich zu ihm und tätschelte ihm den Rücken. Dann half ich ihm aufs Sofa. Seit einiger Zeit kam er nicht mehr von selbst rauf. Er blieb davor stehen, wackelte hin und her und wartete, bis ich ihn hochhob. Auf dem Sofa drehte er sich zweimal langsam im Kreis und ließ sich mit einem kleinen Aufseufzen fallen. So verbrachten wir den Rest des Tages zu Hause, bis es Zeit wurde, abends wieder eine kleine Runde zu machen, damit sich Seppele erleichtern konnte.Zwei Wochen nach dem Vorfall im Treppenhaus läutete es an meiner Wohnungstür.»Guten Tag, Herr Kengelbach, wir sind vom Tierschutzverein«, klang es durch die Sprechanlage. Ich drückte verschreckt auf den Summer und schon standen zwei Frauen bei mir an der Wohnungstür.»Ich bin Frau Schmitz und das ist Frau Klemmer«, stellte sich eine der beiden vor. »Wir wurden darüber informiert, dass Sie einen Hund haben, um den Sie sich nicht mehr ordentlich kümmern. Dürfen wir kurz hereinkommen?«

Ich hielt die Tür auf, obwohl ich sie eigentlich nicht hereinlassen wollte. Aber es lag nicht in meiner Art, Menschen etwas abzuschlagen. Ich setzte mein Hörgerät ein.»Da ist er ja«, sagte Frau Klemmer und ging zum Sofa, um Seppele in Augenschein zu nehmen.»Er ist sehr dick«, stellte sie fest.»Mit dem Atmen hat er auch schon Probleme. Herr Kengelbach, was geben Sie ihm zu fressen?«Ich zeigte ihr das Hundefutter. Es war natürlich das billigste, das es zu kaufen gab und ich mir bei meiner bescheidenen Pension leisten konnte. Ich schämte mich etwas. »Ich gebe ihm oft ein wenig Wurst von mir ab oder Nudeln, wenn etwas vom Mittagessen übrigbleibt«, erklärte ich.»Nun, das ist genau das Verkehrte, wenn der Hund bereits übergewichtig ist«, belehrte mich Frau Schmitz. Ich konnte ihr nicht sagen, dass es mir sehr wichtig war, Seppele zu verwöhnen und zu verhätscheln. War er doch mein einziger Gefährte und ständig wollte ich ihm eine Freude machen.»Wie ist es mit dem Spazierengehen?«, fragte Frau Schmitz weiter. »Bekommt der Hund genug Auslauf und Bewegung?«Ich getraute mich kaum zu sagen, dass ich nur kurz vor die Türe gehen konnte, bis er sein Geschäft erledigt hatte. Schnell kehrten wir dann wieder um, weil ich mit dem Fersensporn nicht weit laufen konnte.»Das ist natürlich gar nicht im Sinne des Tierwohles«, seufzte Frau Klemmer. »Sie sollten unbedingt zum Tierarzt gehen, ihn ordentlich untersuchen lassen, auf Diät setzen und wahrscheinlich mit Spezialfutter weiterfüttern.«»Und vor allem mindestens zwei Stunden am Tag nach draußen«, setzte Frau Schmitz hinzu.

»Das wird aber teuer«, erschrak ich. »Und das mit dem Spazierengehen schaffe ich bei den Schmerzen in den Füßen im Moment nicht.«

»Haben Sie den Eindruck, dass der Hund bei Ihnen gut aufgehoben ist?«, fragte Frau Klemmer vorsichtig.Nun gut, wenn sie mich so fragte, musste ich schon zugeben, dass ich Seppeles Bedürfnissen nicht ganz nachkam.»Nun«, schlug Frau Schmitz vor »ich werde mit unserem Tierarzt einen Termin ausmachen und wir fahren gemeinsam hin. Dann können wir uns die Sache mal von ärztlicher Seite ansehen. Darf ich Ihre Telefonnummer haben?«

Ich erklärte, dass ich kein Telefon besitze, aber ohnehin die meiste Zeit zu Hause wäre. Wir vereinbarten, dass Frau Schmitz Seppele und mich einfach abholen würde, was sie eine Woche später auch machte. Der Tierarzt untersuchte den Hund genauestens. Er sollte geimpft werden, entwurmt und ein Spezialfutter erhalten, welches ich mir auf keinen Fall leisten konnte.»Wenn Sie ihm weiterhin fette Wurst geben und sonst allerlei, werden die Beschwerden des Tieres zunehmen. Das wird sich aufs Herz schlagen, die Leber oder die Nieren angreifen. Eigentlich sollte ich ein Blutbild machen«, sagte der Tierarzt.Bedrückt stand ich da, während sich der Arzt und Frau Schmitz unterhielten. Die Rechnung wurde von ihr bezahlt.»Das übernimmt unser Verein«, sagte sie taktvoll. Sie hatte erkannt, wie knapp ich bei Kasse war. Als wir wieder in meiner Wohnung waren, schlug sie mir vor, für Seppele einen Platz zu suchen.

»Ich möchte nicht, dass er wieder in das Tierheim kommt«, sagte ich kummervoll.»Wir sind ein Tierschutzverein und kümmern uns sehr um das Wohl der Tiere. Das Tierheim ist die letzte Station, wo wir Tiere in Not hinbringen. Zuerst versuchen wir alles, dass das Tier bleiben kann, und wenn das nicht möglich ist, suchen wir einen neuen Platz«, erklärte sie mir geduldig.»In Ihrem Fall bin ich dafür, dass wir für Seppele eine neue Familie suchen sollten. Dann können Sie sich auf die Heilung ihres Fußes konzentrieren und müssen sich nicht um den Hund kümmern. Außerdem sollten sich seine neuen Besitzer die notwenigen Behandlungen leisten können. Je älter der Hund wird, desto intensiver werden schlussendlich auch die Kosten werden.«

Mir wurde klar, dass sie recht hatte, aber ich konnte mir nicht vorstellen, ohne Seppele zu sein. Ihm und seiner Gesundheit zuliebe jedoch stimmte ich dem Ganzen zu. Zwei Monate konnte er noch bei mir sein. Dann tauchte eines Tages Frau Schmitz wieder auf und erzählte mir von Seppeles neuem Besitzer.

»Er kommt zu einem pensionierten Jäger, der bereits eine alte Rauhaardackeldame hat«, sagte sie. »Dort wird er es sehr gut haben, kann jeden Tag in den Wald laufen und bekommt das Futter, welches er braucht. Ich werde ihn in drei Tagen abholen. Wenn Sie wollen, können Sie mitfahren und sich Seppeles neues Heim anschauen.«

Drei Tage blieben uns noch! Mein Herz wurde schwer. Ich versuchte, wieder länger mit ihm nach draußen zu gehen, aber es ging nicht. Nach ein paar Metern fing ich stark zu humpeln an, bekam auch Schmerzen in der Hüfte und musste einsehen, dass die Leute recht hatten. Ich war zu alt für einen Hund. Aber mitfahren wollte ich nicht. Das hätte ich nicht ausgehalten. Als Frau Schmitz auftauchte, gab ich ihr alles mit, was ich von Seppele hatte, drückte ihn ein letztes Mal an mich, streichelte über sein liebes Köpfchen und wünschte ihm alles Gute.Die Tür schloss sich hinter den beiden und wieder einmal war ich ganz allein. Wieder war niemand mehr hier, mit dem ich reden konnte, auch wenn Seppele keine Antwort gab. Der Hund fehlte mir lange Zeit, obwohl ich mir häufig einredete, dass er es dort nun um einiges besser hatte als bei mir. Jedoch war das kein Trost. Allerdings war klar, dass ich kein Tier mehr holen würde, egal wie einsam ich war. Ich musste nun endgültig alleine zurechtkommen.Die einzige Abwechslung in meinem eintönigen Leben sollten ab nun Bestellungen werden.

Kataloge wurden einem zuhauf zugeschickt. Und da waren die schönsten Sachen darin. Münzen, Briefmarken und Schmuck gefielen mir besonders. Mein größter Stolz wurde ein imitierter Goldring, auf dessen Oberseite meine Initialen prangten. Auch die Münzen schauten wunderbar aus und erfreuten mich in ihrem Glanz. Der Vorteil des Bestellens lag darin, dass ich die Sachen nicht sofort bezahlen musste, anders als bei einem Bareinkauf. Bis die Rente auf meinem Konto war, hatte ich eine kleine Zeitspanne gewonnen, wenn Ende des Monats das Geld bereits knapp wurde. Auch Bücher ließ ich mir schicken. Ich konnte es kaum erwarten, dass die Bestellung kam. Der Postbote läutete regelmäßig und wir hielten häufig ein kurzes Schwätzchen. Dem Tierschutzverein überwies ich nun auch regelmäßig Geld dafür, dass Frau Schmitz sich so gut um Seppele gekümmert hatte. Sie brachte mir immer wieder mal eine Zeitschrift vorbei, in der von den Tieren berichtet wurde, die sie und der Verein retteten. Denn auch wenn ich selbst kein Tier mehr hatte, so berührte mich doch das Schicksal dieser manchmal grausam behandelten Kreaturen sehr. Einige Monate bestellte ich mir Essen auf Rädern. Vornehmlich in der Zeit, als der Fersensporn am schmerzhaftesten war und ich weder einkaufen gehen noch kochen konnte. Aber das Essen schmeckte mir nicht besonders und leisten konnte ich es mir auch nicht mehr. Ich hatte plötzlich immer mehr Rechnungen zu bezahlen. Da fiel mir eines Tages das Schild des Goldschmiedes um die Ecke ein, der Gold ankaufte. Bei ihm versetzte ich einige meiner gesammelten Schätze und hatte wieder etwas Geld zur Verfügung, um zu bezahlen, was gerade anstand. Allerdings fiel es mir zusehends schwerer, die Übersicht zu bewahren. Immer mehr Post war im Briefkasten, und ich hatte schon keine Lust mehr, diese Briefe aufzumachen. Selbst die Bankangestellten versuchten, mich auf die Gefahr der Überschuldung hinzuweisen, wenn ich die Rente holen ging. Aber was nutzte es? Ich musste doch auch von etwas leben. Und umsonst bekam man eben nichts. Wenn niemand mehr da ist, der einen ein wenig unterstützt, wird es zunehmend schwieriger. Eines Tages musste ich sogar die Gräberpflege aufgeben. Ich konnte es selbst nicht mehr machen, und der Friedhofsgärtner kostete zu viel Geld. So ließ ich das Grab meiner Eltern und meiner Schwester schweren Herzens auflösen. Einmal besuchte ich sie noch und danach ging ich nie wieder auf den Friedhof. Wo ich eines Tages begraben sein würde, war mir in diesem Augenblick egal. Es gab ja niemanden, der mich beerdigen würde. Cousine Gudrun meldete sich schon lange nicht mehr, selbst sie wurde immer älter und ihre Kinder kannte ich kaum noch.Es blieb mir nichts anderes übrig, als im Ohrensessel meines Vaters auf mein Ende zu warten. Sterben konnte schnell gehen wie bei den anderen Familienmitgliedern oder langsam wie bei mir. Aber irgendwann würde es so weit sein, und ich hatte keinen Schrecken vor dem Tod. Keine Sorgen, keine Ängste, keine Einsamkeit mehr. Er würde wie eine Erlösung über mich kommen.

Tanja und Peter

R olf wurde immer mehr Teil unserer Familie. Einmal im Monat luden wir ihn zum Essen ein und einmal die Woche besuchte ich ihn weiterhin, um seine Finanzen im Auge zu behalten. Meistens gingen wir danach ins Kaffeehaus Böckeler, als kleine Belohnung für unsere Arbeit. Einmal hatte dieses geschlossen, und wir wechselten spontan zum noblen Kaffeehaus König in der Lichtentaler Allee. Dort verkehrt feine Kundschaft in Anzug und Kleid, und wir fühlten uns in unserer einfachen Aufmachung etwas unbehaglich. Zu unserer großen Überraschung behandelte der Kellner uns genauso zuvorkommend und freundlich wie alle anderen Gäste.

Eines Tages war es schließlich so weit, und wir machten mit Rolf einen Ausflug zum Schloss Favorite. Meine Eltern kamen hinzu, um Rolf endlich kennenzulernen. Treffpunkt war im Schlosspark. Paps kam mit Mum angefahren und Tanja, Julia und ich mit Rolf. Er hatte einen Strauß Rosen besorgt, den er meiner Mutter überreichen wollte, was mich sehr rührte. Ich hatte ihm erzählt, dass sich Mum bei jedem Telefonat nach ihm erkundigte, was ihn sehr freute.»Oh, Herr Kengelbach«, strahlte meine Mutter, als er ihr den Strauß überreichte, »Sie sind ja ein Rosenkavalier.«Rolf machte eine kleine Verbeugung.

»Ich muss mir doch wohl keine Sorgen machen?«, fragte Paps, und wir lachten alle.Gemeinsam schlenderten wir durch den Park und machten eine kleine Pause auf einer Bank. Zur Erinnerung schoss ich ein paar Fotos, die ich später ausdrucken ließ und an alle verteilte. Rolf hängte die Bilder zu Hause an seine Wand, so wichtig waren ihm dieser Tag und dieses Treffen. Wir aßen eine Kleinigkeit und unterhielten uns prächtig.»Ich bin sehr stolz auf dich, dass du Herrn Kengelbach so gut unterstützt, Peter«, sagte meine Mutter beim Abschied. »Es hat dich weicher gemacht.«»Ist das jetzt ein Kompliment oder eine Beleidigung, Mum?«, fragte ich lachend, und sie wuschelte mir durchs Haar.Nicht nur meine Eltern, auch die Freunde wurden durch meine Erzählungen immer neugieriger auf Rolf und begannen, uns mit ihm zusammen einzuladen, damit sie ihn endlich kennenlernen konnten.

Bei Sabine und Steffen gab es Wiener Schnitzel und Linzer Torte.

Bei Jasmine und Claus gab es Forellenfilet und Cantuccini.

Bei Andrea und Francesco gab es Pizza und Himbeereis.

Bei Adelheid und Rainer gab es Gemüseauflauf und Schokotorte.Bei Jutta und Hans gab es Bohneneintopf und Sorbet.

Bei Inga und Poul gab es Zander und Obstsalat.

»Es ist wunderbar, dass ich mich durch eure Freunde essen darf«, strahlte Rolf uns an, als ein halbes Jahr und ein halbes Dutzend Freunde durch waren. Er fühlte sich überall wohl und freute sich immer sehr auf diese Besuchswochenenden.Zwischen diesen Treffen vereinbarte Tanja Arzttermine. Rolf musste unbedingt zum Hals-Nasen-Ohren-Arzt und zur Augenärztin. Auch sein Blutdruck musste beobachtet werden. Wir konnten ihn überzeugen, sich ein neues, moderneres Hörgerät zuzulegen. Die Besuche bei den Freunden spielten dabei natürlich in unsere Karten. Rolf wollte die Leute verstehen, bemühte sich auch sehr darum, aber erst mit dem neuen Hörgerät gelang ihm das besser. Die Besitzerin des Geschäftes zeigte viel Geduld bei der Auswahl und der Anprobe und beriet uns sehr gut. Man merkte Rolf an, dass er mit dem Gerät im Ohr nicht wirklich etwas anfangen konnte, aber die neuesten Modelle waren sehr klein und kaum mehr störend. Ich war sehr froh, dass ich nicht mehr so laut mit ihm reden musste und er mich gut verstand. Nur manchmal »vergaß« er es einzusetzen, vornehmlich wenn er mit Tanja unterwegs war. Und dieser war es peinlich, wenn sie im Kaffeehaus mit Rolf fast schreien musste. Aber daheim, wenn sie mir davon erzählte, amüsierten wir uns immer köstlich darüber, wie die Leute an den Nachbartischen an der Unterhaltung mit rollenden Augen teilnahmen. Die Augenärztin untersuchte ihn ebenfalls eingehend und Rolf bekam eine neue Brille verschrieben. Mit dieser war er sehr zufrieden. Er konnte endlich wieder ohne Anstrengung lesen und schreiben. Weiterhin hatten wir mit den Schulden zu kämpfen. Manche Gläubiger zogen ihre Ansprüche zurück, nachdem Rolf einen Teil davon bezahlt hatte, andere beharrten auf der Begleichung der ganzen Schuld. Die beiden Banken hatten Rolfs Kredite an Inkassobüros weiterverkauft. Er hatte einfach keine Vermögenswerte, die sich zu Geld machen ließen. Das merkte auch die Gerichtsvollzieherin, welche sich eines Tages anmeldete. Sie sah sich in der Wohnung um, zuckte anschließend mit den Schultern und schrieb ein paar Anmerkungen in ihre Unterlagen.

»Wir geben unser Bestes«, sagte ich zu ihr »um zumindest einige Außenstände zurückzahlen zu können. Aber ich bin erst seit Kurzem dabei, mit Herrn Kengelbach zusammen Ordnung zu schaffen.«

»Das ist schön«, antwortete Frau Tauber. »Wenn nur mehr Leute solche Unterstützung hätten, dann sähe meine Arbeit etwas besser aus.«

Man sah ihr an, dass ihr diese Aufgabe zu schaffen machte. »Sie haben einen schweren Beruf«, wurde mir klar. »Sehen so viel Elend und Ausweglosigkeit und müssen hoch mehr Druck machen.« Sie nickte. »Lange mache ich das nicht mehr. Ich fühle zu sehr mit. Das ist schlecht in diesem Amt.«

Sie verabschiedete sich freundlich, und Rolf und ich atmeten erleichtert auf. Für Rolf war die Ankündigung dieses Besuches die nächste große Aufregung gewesen und davon hatte er in der letzten Zeit wahrhaftig genug gehabt. Deshalb taten ihm die Einladungen, Ausflüge und Abwechslungen auch besonders gut. Mit der

Zeit verschafften wir seinen Finanzen eine gute Basis. Die Mahnungen und Zahlungsaufforderungen wurden weniger, manches konnten wir ganz abhaken, und es kehrte etwas Ruhe ein. Das Wohnen war gesichert, die Gesundheit so weit hergestellt, dass sie mit Medikamenten und den Hilfsgeräten stabil war. Die Finanzen waren geregelt, und sein soziales Umfeld mit uns als Familie und den Freunden war ebenfalls wiederhergestellt. Rolf lebte auf. Obwohl er immer mal wieder in seine Traurigkeit versank, merkten wir, dass er im Grunde ein froher und lebenslustiger Mensch war. Vor allem liebte er es, wenn wir mit ihm auf den Beutig fuhren. Er erklärte uns die Namen der Rosen, zeigte immer wieder voller Stolz auf das, was er früher gepflegt und um was er sich gekümmert hatte. Wir betrachteten das alles mit neuem Blick. Gingen wir früher an den Dingen achtlos vorbei, weil wir uns gerade über etwas unterhielten, so lenkte Rolf nun immer wieder mal unsere Aufmerksamkeit auf diese Kleinigkeiten. Eine duftende Rose, einen bunten Schmetterling, die fleißigen Wildbienen oder auf die Goldfische, die sich in dem Teich tummelten, den Rolf viele Jahre lang betreut hatte. Mir gefielen die Liebe und Achtsamkeit sehr, welche Rolf seiner Umgebung entgegenbrachte. Es verstärkte auch in mir immer mehr das Interesse an der Natur und die Sorge um die Umwelt.Einige Jahre bevor ich Rolf kennenlernt hatte, war ich ein Macher gewesen. Meine Firma lief sehr gut, ich hatte Geld genug und machte mir wenig Gedanken um die Mitmenschen, die Umwelt oder sonst was. Ich wollte mein Vermögen werthaltig in Immobilien anlegen, um möglichst hohe Renditen zu erzielen. Mein eigenes Wohlergehen und das meiner Familie stand im Mittelpunkt meiner Handlungen. Allerdings merkte ich mit der Zeit, dass so ein Verhalten nichts Befriedigendes, geschweige denn etwas Seelenfüllendes an sich hatte.2005 hielt ich kurz inne, schrieb spontan auf einen Zettel, was mir im Leben wichtig war, und siehe da, an erster Stelle stand für mich vollkommen überraschend: »Mehr Zeit für Gott.« Obwohl, vielleicht war es doch nicht so überraschend, hatte ich doch einige Monate zuvor zehn Tage im Kloster Marienrode in Hildesheim verbracht. Dort besuchte ich ein Seminar, welches ich zum 40. Geburtstag geschenkt bekommen hatte: »Kontemplative Exerzitien«, das hatte doch etwas in die Wege geleitet.

Ich war nicht religiös, ich war nicht suchend. Zumindest dachte ich das bis zu diesem Zeitpunkt. Was macht das Leben aus? Was gibt Erfüllung, wenn die berufliche Herausforderung, die Anerkennung der Leute, die materielle Sicherheit erreicht sind? Ich spürte deutlich: im bereits Erreichten war sie nicht zu finden.

Ich zog mich eine Weile in die Ruhe meines kleinen italienischen Hauses zurück und dort sortierte ich in der äußeren Stille mein Inneres. Mir wurde bewusst, dass ich selbst entscheiden konnte, wie ich leben wollte, wenn ich weniger mit den Umständen haderte, sondern mich nach dem umschaute, was Freude und Glück bereitete. Ich beschloss, meine Anteile an der Firma zu verkaufen und das weitere Vorgehen mit meinem Partner zu besprechen. Schon zwei Jahre später war der Verkauf abgeschlossen.

Gott schien meinen Zettel gelesen zu haben und schickte Rolf in mein Leben, der mich einiges lehrte. Er war ein Mensch, der sich selbst nicht zu wichtig nahm und den man mit einfachen Freuden glücklich machen konnte. Der alleine mit sich sein konnte, aber auch in Gesellschaft gut zurechtkam. Kein Einsiedler war, aber doch ein wenig verschroben lebte und mit Bescheidenheit und Demut auf jeden Tag seines Lebens schaute. Er hatte keine Reichtümer angesammelt, keine besonderen Leistungen vollbracht und war dennoch zufrieden mit allen Überraschungen, die ihm das Leben noch zu bieten hatte. Ich war ihm sehr dankbar, dass er mich und meine Familie an seinen Alltag teilhaben ließ und uns herausforderte, über den eigenen Tellerrand zu schauen und dazuzulernen. Bleibt man in seinem eigenen Universum verhaftet, führt dies irgendwann zu Stillstand und zu Abhängigkeiten, die einen die Freiheit kosten.Ich gewann etwas sehr Wertvolles: mehr Zeit. Mehr Zeit für meine Frau und meine Kinder. Auch mehr Zeit für mein Haus in Italien und vor allem für die Olivenbäume dort. Mehr Zeit für Gott und für Spiritualität. Mehr Zeit für Meditation und Achtsamkeit. Mehr Zeit für Stille und Rückzug, aber auch mehr Zeit für Gemeinsamkeiten und Gemeinschaften. Mehr Zeit, um andere Menschen zu unterstützen und einen Beitrag zu leisten, dieser Welt etwas Gutes zu tun, um dankbarer für die Möglichkeiten zu sein, welche sie uns bietet.Lange Zeit war ich der Meinung, ich hätte Rolf geholfen. Augenscheinlich war es auch so, aber eben nur augenscheinlich. Wie heißt es so treffend: Das Wesentliche bleibt den Augen verborgen. Es waren Rolfs Zuversicht und Bedachtsamkeit, die großen Eindruck auf mich machten und mich darin bestärkten, meinem eigenen Leben eine andere Richtung zu geben.Ich spürte, dass ich am glücklichsten war, wenn ich unter einem meiner Olivenbäume saß, die Sonne vom Himmel brannte und ich die ausgetrocknete, harte Erde betrachtete. Zu was war diese fähig! Kaum fielen ein paar nasse Tropfen aus einer dunklen Wolke, regte sich neues Leben, wühlte sich zartes Grün hervor, krabbelten emsig Ameisen und anderes Getier herum und roch die Luft nach Orangenblüten und frischem Rosmarin. Den Boden zu bearbeiten, hieß der Schöpfung eine Bühne zu bereiten. Olivenbäume zu veredeln und dem Wachstum zuzusehen, verhieß eine Zukunft der Fülle. Das war, was ich wirklich wollte. Und dennoch war ich hin- und hergerissen zwischen dem Leben hier und meinem alten Leben mit all seinen Verantwortungen gegenüber meiner Familie samt den älter werdenden Eltern, den Freunden und schließlich Rolf.Aber mir Freiräume zu verschaffen, mich immer wieder auf meine Insel retten zu können, brachten mir schließlich einen Gewinn ins Leben, für den ich zutiefst dankbar war. Man kann mit dem Verstand viel erreichen, aber nicht das

Wesentliche. Das erreicht man mit dem Herzen und Menschen, die mit einem fühlen. Und mit beidem war ich gesegnet.die Treffen mit Rolf blieben eine liebe Gewohnheit. Wir gingen essen, einkaufen und machten Termine bei den Ärzten. Die Ausflüge in die Gegend behielten wir bei, und immer mal wieder begleitete er uns bei Besuchen. Rolf war fixer Bestandteil unseres Lebens, und wir waren alle froh darüber. Das Jahr ging dahin, und allmählich bemerkten Tanja und ich, dass der Alltag für Rolf immer beschwerlicher wurde. Er brauchte Hilfe bei der Reinigung der Wohnung, Unterstützung beim Kochen und Einkaufen. Auch sein Gesundheitszustand verschlechterte sich zusehends, und die Körperpflege fiel ihm immer schwerer.

»Peter, ich glaube, wir müssen Rolf behutsam darauf vorbereiten, dass seine Zeit in der Wohnung zu Ende geht«, meinte Tanja eines Tages. »Wir können nicht mehr alles für ihn organisieren, neben unserer Arbeit und dem eigenen Haushalt. Mir wird es manchmal etwas zu viel. Unsere Eltern brauchen mittlerweile auch immer mehr Unterstützung.«

Mir war klar, dass Tanja recht hatte, und doch wurde mir das Herz schwer. Ich wusste, wie gerne Rolf in diesem Haus lebte. Und wenn er nun herausmüsste, wie würde er einen Auszug verkraften? Auf der anderen Seite erreichte er nun seine letzte Lebensphase und die sollte er so gut es ging verbringen.Bei unserem nächsten Treffen hatte ich die schwere Aufgabe, ihm das begreiflich zu machen.»Rolf, wie stellst du dir vor, dass es weitergehen soll?«, fragte ich ihn vorsichtig. »Du brauchst Hilfe beim Putzen, und das Kochen wird immer mühseliger. Dein Blutdruck ist ständig im oberen Bereich und deine Beine machen dir zu schaffen.«

Rolf nickte. »Ich weiß, Peter. Ohne eure Unterstützung würde ich den Alltag schon längst nicht mehr schaffen. Vielleicht wird es Zeit für das Altersheim. Ich denke bereits eine Weile darüber nach«, überraschte er mich.»Nun, es muss ja nicht gleich ein Al-

tersheim sein«, sprang ich sofort auf den Zug auf. »Ich höre mich
mal um, was es für Möglichkeiten gibt, wenn es dir recht ist. Es
wird wahrscheinlich einige Zeit dauern, bis wir einen Platz für
dich finden, deshalb wäre es gut, wenn wir uns früh genug um-
schauen.«Rolf nickte erleichtert. Ich sah ihm an, dass ich ihm wieder eine Last abnehmen konnte.Zu Hause angekommen, setzte ich
mich sofort an den Computer und hielt Ausschau nach betreutem
Wohnen. Das »Olga-Haebler-Haus« ploppte auf dem Bildschirm
auf. Dort vereinbarte ich einen Termin mit dem Hausleiter, Herrn
Götze, zu dem ich mich mit Rolf aufmachte.Herr Götze zeigte uns
den Wohnkomplex und ließ uns auch einen kurzen Blick in eine
Wohnung werfen. Es sah nett und gepflegt aus. Dann unterhielten
wir uns in seinem Büro weiter. Er ließ sich vom klingelnden Telefon, dem tönenden Piepser und vom Türklopfen nicht davon ab-
halten, uns alles genau zu erklären, und hörte sich auch geduldig
und mit Interesse Rolfs Geschichte an.

»Nun, zurzeit sind alle Wohnungen besetzt«, informierte er uns.
»Aber ich setze Sie gerne auf die Warteliste und sobald etwas frei
wird, benachrichtige ich Sie.«

Wir verließen das Büro und liefen den Gang runter. Rolfs
Schritte waren langsam und schlurfend. Ich getraute mich nicht,
ihn zu fragen, wie er sich fühlte. Das sollte seine neue Heimat
werden und zugleich seine letzte. Wie erging es einem da? Man
bewegt sich mit offenen Augen und vollem Bewusstsein seinem
Abschied entgegen.»Es ist schön hier«, unterbrach er meinen Ge-
dankengang.Vielleicht empfand Rolf es nicht so wie ich. Er nahm
die Sache mit Gelassenheit und einem gewissen Gleichmut hin.
Empfand man das kommende Ende als schlimmer, wenn man
selber noch jünger war? Entwickelte sich mit dem Älterwerden
ein Einverständnis in das unabänderbare Schicksal? War das im
Unterbewusstsein verankert? Nun, irgendwann würde ich es am
eigenen Leib erfahren. Ich hoffte, dass dies noch eine Weile dau-

ern würde, aber niemand weiß wirklich, wann das Ende seines
Weges erreicht ist.Wir sahen uns in der Gartenanlage um, und
Rolf betrachtete die Gestaltung intensiv. Sie gefiel ihm. Die Bäume
waren alt und strahlten eine wunderbare Energie aus. Der Rasen
war sehr gepflegt, und die Farbgestaltung der Blumenanlage er-
freute unsere Augen. Ich ließ mir immer gerne von Rolf die Namen
erklären. Meistens merkte ich sie mir nicht lange und er musste
wieder von vorne anfangen, was uns aber viel Spaß machte.Wir
fühlten uns wie zwei Jungen, die gerade einen Streich aussheckten.
Schauten in das Blätterdach der Bäume und rissen Blätter von der
Hecke, um daran zu riechen. Wir waren dabei, uns in die Umgebung einzufühlen und zu hoffen, dass bald ein Platz frei wurde.

»Sollen wir uns noch in einer anderen Einrichtung umsehen?«,
fragte ich dann aber doch.»Nein«, kam die Antwort blitzschnell.
»Es gefällt mir hier. Aber ich hoffe, ich kann es mir leisten. Das
wird sicherlich teurer als in meiner alten Wohnung.«

»Das kriegen wir schon hin. Wenn es nicht reicht, muss das Amt
dazuzahlen«, erklärte ich ihm.

»Das möchte ich lieber nicht«, sagte Rolf.

»Es wird dir nichts anderes übrigbleiben«, stellte ich ihn vor die
harten Tatsachen. Nach Abzug seiner Schuldentilgung blieb ihm
nur das Allernotwendigste zum Leben übrig. Aber die Sozialämter
sind ja da, um in diesen Fällen zu unterstützen. Die Löhne und
Pensionen sind oft so niedrig, dass viele Menschen damit nicht
über die Runden kommen. Trotz ihrer sparsamen Lebensweise
bewegen sie sich an beziehungsweise unter der Armutsgrenze
und dann braucht es die Hilfe der Sozialämter.Ich brachte ihn
wieder nach Hause und erzählte anschließend Tanja von unserer
Besichtigung des Olga-Haebler-Hauses. Sie lag in der Badewanne,
eingehüllt in eine Schaumkrone, und las in einer Zeitschrift. Rund
herum waren Kerzen aufgestellt. Am liebsten hätte ich mich auch
in die Wanne geschwungen, aber ich wusste, wie sehr sie diese

Auszeit alleine genoss, und störte sie nur kurz. Sie war begeistert davon, wie gut Rolf das Ganze annahm.»Ich bin so froh, dass er sich sofort für das Haus entschieden hat«, sagte sie erfreut.»Ja, aber nun müssen wir warten, bis ein Platz frei wird«, sagte ich nachdenklich.

»Bis dahin könnten wir ihm schon ein wenig helfen auszumisten. Er hat noch immer so viele Sachen, die kann er bestimmt nicht alle mitnehmen«, sagte sie ganz praktisch.ich hatte bei meinen Besuchen immer mal wieder eine Schachtel aus dem Keller geholt und sie mit Rolf gemeinsam durchgesehen. Wirklich trennen konnte er sich nur von offensichtlichem Plunder. Das meiste erinnerte ihn einfach an seine Familie und er wollte diese Sachen behalten. Wir ordneten neu, misteten vor allem die alten Unterlagen aus, und ich brachte den Karton wieder in den Keller zurück. In mühevollen Stunden hatte ich dort auf diese Weise Ordnung und Übersicht reingebracht. Das kam uns nun zugute, denn bereits zwei Monate später rief mich Herr Götze an und sagte mir, dass eine Wohnung im Erdgeschoss freigeworden war. Ein Mieter war wieder ausgezogen, da er sich unter betreutem Wohnen etwas anderes vorgestellt hatte. Wir konnten unser Glück kaum fassen, und Tanja fuhr mit mir nach Baden-Baden, um dabei zu sein, wenn ich Rolf die gute Nachricht überbringen würde. Er war inzwischen so weit, dass er sich täglich mehr auf die neue Wohnung freute und vor allem auf die Hilfe, die er dadurch bekommen sollte.Er war sehr überrascht, als wir beide vor seiner Tür standen. Wir tranken einen Kaffee zusammen und fuhren dann zum Olga-Haebler-Haus. Dort meldeten wir uns bei Herrn Götze und er schickte uns mit einer Betreuerin zur Wohnung, um sie zu besichtigen. Die Bleibe hatte eine kleine Terrasse mit Waschbetonplatten, eine winzige hellbraune Einbauküche und ein altersgerechtes Bad mit begehbarer Dusche und Sitzgelegenheit. Es gab zwei Alarmknöpfe, über die man schnell jemanden herbeirufen konnte, wenn eine Notlage auftrat. Die Wohnung war geräumt, aber noch nicht geputzt.»Das erledigt eine Firma, die kommen morgen«, erklärte die Frau.»Und, was sagst du, Rolf?«, fragte Tanja erwartungsvoll.»Gefällt es dir hier?«Rolf nickte mit gespanntem Gesichtsausdruck. »Aber der Umzug wird viel Arbeit machen«, sorgte er sich.»Wir helfen dir selbstverständlich«, beruhigte Tanja ihn. »Die Kinder haben sich auch schon dazu bereit erklärt. Dann geht das alles sehr schnell. Wahrscheinlich kannst du nächste Woche bereits einziehen!«

Rolf schlug die Hände zusammen. Das überforderte ihn doch etwas.Ich ließ die beiden alleine und ging noch mal zu Herrn Götze ins Büro.»Sie erwähnten doch, dass wir die Möbel mitbringen können. Aber das Bett von Herrn Kengelbach ist schon sehr alt, und ich denke nicht, dass es sinnvoll wäre, es hierher umzuziehen. Auch beim Kleiderschrank sind wir am Überlegen«, sagte ich zu ihm.»Das können Sie so handhaben, wie Sie es möchten«, sagte er zu mir. »Ich könnte Ihnen allerdings ein Pflegebett anbieten, welches zurückblieb, nachdem der Besitzer verstorben war. Ansonsten haben wir kaum Möbel hier. Darum müssen sich die Bewohner selber kümmern.«

Das verstand ich und freute mich über das Pflegebett.Noch in derselben Woche fingen wir an zu packen. Fabian half mir, den Schrank abzubauen, welchem man inzwischen das Alter anmerkte. Tanja und Julia hatten den Inhalt des Schrankes zuvor ausgeräumt und alles in Kartons verpackt. Während Fabian und ich die Schrankteile und die Kartons zum Transporter hinuntertrugen, gingen die beiden Frauen dazu über, die Küche zu räumen. Wir waren zwei Tage zugange, dann war die Wohnung leer und Rolf musste Abschied von einem langen und wichtigen Teil seines Lebens nehmen. Er machte einen kurzen Prozess daraus. Kontrollierte noch mal alle Zimmer, ob wirklich alles leer war, ging zur Tür, wartete, bis auch wir kamen und warf sie dann ins Schloss. Ohne weitere Sentimentalitäten setzte er sich zu Tanja ins Auto. Die beiden fuhren los, und ich fuhr mit dem Transporter hinterher. Die Kinder warteten im Olga-Haebler-Haus, hatten schon kleinere Arbeiten erledigt und halfen, den letzten Schliff in die Wohnung zu bringen. Das Pflegebett mit der neuen Matratze stand bereits im Schlafzimmer. Vom Ohrensessel des Vaters musste Rolf sich schweren Herzens trennen. Es hatten nur das alte Sofa und der kleine Esstisch Platz. Auch von den Sachen im Keller musste er sich nun endgültig verabschieden. Die Entsorgung überließ er ganz mir.

Kurze Zeit später fuhr ich in die Bismarckstraße. Ich stand in den leeren Räumen und sah mich um. Jetzt, da Rolf nicht mehr hier wohnte, verlor ich jegliches Interesse an der Wohnung und beschloss kurzerhand, sie zu verkaufen.»Das willst du wirklich machen?«, fragte mich Tanja erstaunt, als ich ihr meinen Entschluss mitteilte.

»Ja, aber ich möchte sie noch etwas auf Vordermann bringen. Hoffentlich hat Fabian Zeit, mir zu helfen«, sagte ich.»Oder besser, ich frage Kevin und Nico. Die beiden habe ich letzthin getroffen.«

Die beiden Jungs spielten in der Jugendmannschaft, die ich als Fußballtrainer betreute, zu ihnen hatte ich eine besondere Beziehung. Nico gab ich Nachhilfe, damit er den Abschluss der achten Klasse schaffte. Kevin war zu der Zeit stark übergewichtig, und ich konnte ihn und seine Familie davon überzeugen, ein intensives Laufprogramm zu absolvieren, um etwas Gewicht zu verlieren. Wir bekamen immer mehr Spaß daran, und mit großer Disziplin lief Kevin ein halbes Jahr später mit mir einen Halbmarathon in Karlsruhe. Selbst nach meiner Zeit als Trainer blieben wir freundschaftlich verbunden und liefen uns des Öfteren in unserer kleinen Gemeinde über den Weg. Als ich sie fragte, ob sie mir bei den anstehenden Renovierungsarbeiten helfen würden, sagten beide ohne zu zögern zu. In zwei intensiven Tagen war die Arbeit erledigt, und ich konnte die Schlüssel einem Makler übergeben.

Rolf gewöhnte sich schnell an sein neues Leben. Ich beantragte Sozialhilfe, und er bekam einen Zuschuss für die Mahlzeiten, da er nicht mehr selbst kochen konnte. Er schaffte das lange Stehen nicht mehr mit seinen schlecht durchbluteten Beinen. Das Amt finanzierte ihm eine Pflegekraft, welche ihm täglich die Kompressionsstrümpfe wechselte. Die Kosten für die wöchentliche Reinigung wurden ebenso übernommen.rolf blieb seinem bescheidenen Lebensstil treu, gönnte sich wenig und zahlte seine Schulden weiterhin ab, soweit es ihm möglich war.Bei jedem Besuch schwärmte er mir vom Essen vor. Es wurde ihm Punkt zwölf Uhr von einem Zivildienstleistenden zugestellt, mit dem er gerne ein kurzes Schwätzchen hielt. Wenn wir unterwegs waren, legte er größten Wert darauf, pünktlich zu Mittag zu Hause zu sein. Jeden Monat wunderte er sich, wie günstig die Mahlzeiten waren. Und ich erklärte ihm jedes Mal, dass sei nur deshalb so, weil es vom Sozialamt bezuschusst werden würde. Ich vermute, das wollte er nicht wirklich wahrhaben, und schließlich ließ ich ihm die Freude über das unglaublich gute und unglaublich günstige Essen, welches ihm geliefert wurde.Rolf beteiligte sich nach seinen Möglichkeiten bei gemeinschaftlichen Veranstaltungen der Wohneinrichtung, schrieb Gedichte zu Geburtstagen und Sommerfesten. Er fuhr auch bei den Ausflügen mit, die hin und wieder stattfanden. Ich freute mich, wie er langsam in dieses neue Leben hineinglitt, und fing an, die Abstände zwischen meinen Besuchen bei ihm auszudehnen. Es wurde Zeit, etwas loszulassen und Rolf die Bewältigung seines Lebens wieder selbst zu überlassen. Wir wussten beide, dass unsere intensive gemeinsame Zeit sich dem Ende zuneigte. Rolf war nun gut eingebettet in die täglichen Abläufe einer Gemeinschaft, alle Verträge zur Bezahlung seiner Verpflichtungen waren geschlossen, sodass ich mich nur noch selten um diese Dinge kümmern musste. Wir nahmen innerlich Abschied voneinander und sahen uns dennoch alle zwei bis drei

Monate. Dann machten wir Spaziergänge, Einkäufe oder Arztbesuche.Herr Götze versprach, mich sofort zu informieren, sollte etwas Gravierendes vorfallen.Rolf zog Mitte 2012 ins Olga-Haebler-Haus, und erst Anfang 2018 kam der Anruf.

Rolf

Statt der Erlösung durch den Tod stand eines Tages ein Wunder vor meiner Tür: Tanja und Peter. Und diese beiden brachten immer mehr Wunder in mein Leben. Sie krempelten es vollständig um. Zuerst hatte ich furchtbare Angst, meine Wohnung verlassen zu müssen, da sie zum Verkauf stand. Als die beiden mit dem Makler zur Besichtigung kamen und mir sagten, ich könne weiter hier wohnen bleiben, wünschte ich mir von Herzen, sie würden sie kaufen. Mein Wunsch ging in Erfüllung. Schon beim zweiten Treffen merkte ich, dass die beiden an einer Verbesserung meiner Situation interessiert waren. Ich hatte mich nach dem Verlust von Seppele ziemlich gehen lassen. Für was oder wen sollte ich mich noch zusammenreißen? Der Vorteil dieser Apathie war, dass mein Fersensporn besser wurde und schließlich sogar verschwand, da kein Druck mehr auf die Stelle kam. Somit konnte ich auch wieder etwas nach draußen, was mir guttat. Frau Ganze von gegenüber hatte hin und wieder für mich eingekauft, nun ging ich wieder selbst in die Geschäfte, musste aber immer öfter etwas von meinen Schätzen verkaufen, da das Geld nicht reichte. Frau Keßner sah bei ihrem ersten Besuch, wie schmutzig es bei mir aussah, und ich schämte mich sehr. Herr Keßner sah, wie viel repariert werden musste, und ich konnte es nicht schönreden, da meine Wohnung, mit fremden Augen betrachtet, wirklich sehr heruntergekommen war. Eine Woche später kamen sie mit ihren Kindern, und ich bekam neue Möbel, neue Kleidung, neue Geräte. Zumindest für mich neu, da Herr Keßner das meiste davon gebraucht im Internet bestellt hatte. Ich freute mich sehr. Es wurde geputzt und repariert, gewaschen und renoviert. Alles blitzte und war wieder sauber. Ich fühlte mich großartig. Vor allem aber freute ich mich über die Besuche und die Unterhaltungen mit diesen netten Menschen. Schließlich aber musste ich in meiner großen Not Herrn Keßner um Geld bitten, da ich die Stromkosten nicht bezahlen konnte, obwohl ich den Verbrauch auf das Minimalste reduziert hatte. Es war eine große Überwindung, und der nette Mann half mir. Aber nicht nur dabei. Er nahm sich auch sofort meiner Finanzen an, mit denen ich schon seit langer Zeit nicht mehr zurechtkam.Ich hatte mich immer tiefer verstrickt. Und je fordernder die Zuschriften wurden, desto mehr verdrängte ich meine Not. Es gab keinen Ausweg für mich. Niemand, der sich um mich kümmerte oder den es irgendwie interessierte, wie es mir ging. Ich war allein auf der Welt, wie in eine Glocke gehüllt, unsichtbar für meine Umgebung. Die Nachbarn wussten, dass es mich gab. Aber sie wollten nichts mit mir zu tun haben, außer manchmal die nette Frau Ganze. Sie war ebenfalls Pensionistin und fragte mich hin und wieder, wie es mir ginge. Im Grunde störte es mich nicht, dass ich alleine war. Ich war es eigentlich mein ganzes Leben lang, trotz der Familie, die mich umgab. Aber Vater, Mutter, Schwester waren kein Ersatz für eine eigene Familie. Sie füllten nur eine Leere in meinem Leben aus, die es eigentlich nicht geben sollte. Bei mir fehlte die Abnabelung und Loslösung komplett. Ich fühlte mich nur sicher, wenn einer von ihnen in meiner Nähe war, bis die Arbeit auf dem Beutig diese Abhängigkeit etwas lockerte.Durch das schnelle Sterben der drei wurde ich in ein Vakuum katapultiert, aus dem ich nicht mehr herauskam. Meine vier Wände hüllten mich nun in eine gewisse Geborgenheit, bis ich ins Straucheln kam und damit in eine unbändige Angst, diese Abschirmung zu verlieren. Jeden Tag betete ich zum lieben Gott, er möge mich doch auch zu sich holen. Aber er hatte andere Pläne. Er schenkte mir noch einige besondere Jahre. Nach der langen Zeit der Einsamkeit kam ich unter Menschen, wurde eingebunden in eine Gemeinschaft und nahm wieder am

Leben teil. Nachdem ich ein wunderbares, aber auch aufregendes Jahr mit Peter und Tanja, ihren Kindern und Freunden verbringen durfte, merkte ich, dass meine Kräfte noch schneller nachließen als schon zuvor. Dadurch, dass ich nicht mehr regelmäßig gegessen hatte, weil mir das Geld fehlte, war mein Gesundheitszustand schon auf Notprogramm gesetzt gewesen. Das verbesserte sich kurzfristig durch die Betreuung meiner neuen Freunde. Als Peter mich auf dieses Thema ansprach, war ich innerlich darauf vorbereitet und bereit, auf seine Vorschläge einzugehen. Hatte Peter mich in diesem letzten Jahr auf wundersame Weise durch meine Höhen und Tiefen geführt, so vertraute ich ihm auch nun zutiefst. Peter war wie ein Bruder, jedenfalls mehr als ein Freund. Einem Freund hätte ich niemals so viel von mir preisgegeben. Bei ihm fühlte ich mich aufgehoben. Er war so spontan, voller Elan und Tatkraft. Nichts war ihm zu umständlich, nichts zu schwierig. Nun gut, ab und zu musste er sich fürchterlich über mich ärgern oder darüber, wie andere mit mir umsprangen. Was ich schon längst weggesteckt hatte, wurmte ihn auf unsägliche Weise. Manches Mal musste ich ihn zurückhalten, meistens bremste er sich selbst. Und das auf eine liebenswerte, humorvolle Art. Ich mochte sein Lachen und sein selbstsicheres Auftreten. Es stärkte mich. Es gab mir Hoffnung, dass ich doch noch aus meinem Schlamassel herausfinden würde. Und das haben wir gemeinsam geschafft. Ich konnte erleichtert zurückschauen und endlich mein altes Heim loslassen, weil dieses Kapitel nun abgeschlossen war. Mein Umzug ins Olga-Haebler-Haus eröffnete mir neue Horizonte. Wenn ich Rückzug und Ruhe brauche, verziehe ich mich in meine kleine Wohnung, und wenn ich Verlangen nach Ansprache und Unterhaltung spüre, schlurfe ich einfach den Gang entlang.

»Herr Kengelbach, wie wäre es mit einer Partie Mensch ärgere dich nicht?«, fragt etwa Frau Weber, die oft im Gang vor einem großen Fenster sitzt, vor sich einen Tisch, auf dem das Spielblatt in voller Größe aufgedruckt ist. Man muss nur noch die Figuren aus der Schublade nehmen. Es ist so auch für sehbeeinträchtigte Menschen gut damit zu spielen. Gerne setze ich mich zu ihr, und wir nehmen das Spiel und eine feine, kleine Unterhaltung auf. Frau Weber ist schon seit über zwanzig Jahren verwitwet und lebt seit fünf Jahren im Haus. Sie bekommt regelmäßig Besuch von ihren Kindern und Enkelkindern.»Es tut mir sehr leid, dass Sie keine Familie mehr haben«, sagt sie des Öfteren zu mir.

»Ich habe Tanja und Peter«, antworte ich jedes Mal. Sie besuchten mich anfangs häufig, danach, als sie sahen, dass ich mich gut einlebte und sehr wohl fühlte, wurden die Treffen seltener. Dafür interessanter. Die beiden haben eine Kreuzfahrt durchs Baltikum gemacht und mehrmals im Jahr sind sie in ihrem Haus im Süden Italiens. Ich höre gerne ihren Erzählungen zu. Für mich ist das jedes Mal, als wäre ich dabei gewesen. Ich bewundere Peter, mit wie viel Hingabe er seine Olivenbäume pflegt, vermehrt und veredelt. Bis ins kleinste Detail lasse ich mir alles erzählen. Es erinnert mich an meine Arbeit mit den Rosen und daran, wie sehr ich sie liebte. Ich habe niemals in meinem Leben einen Olivenbaum gesehen, nur auf den Bildern, welche mir Peter gezeigt hat. Das erfüllt mich manchmal mit Wehmut. Was habe ich in meinem Leben alles nicht gesehen und erlebt! Nur aus Büchern und aus dem Fernsehen kenne ich die Welt. Immerhin bin ich bis Norwegen gekommen. Von dieser Reise erzähle ich auch gerne in der Seniorenrunde, die jeden Dienstag im Gemeinschaftssaal stattfindet. Da sitzen wir an den Tischen und erzählen aus unseren Leben. Es bilden sich meistens dieselben Grüppchen. Auch im Alter wird man nicht unbedingt toleranter, sondern wendet sich an jene, die einem am sympathischsten sind oder den eigenen Interessen am nächsten kommen. Wie Herr Schmidt und Herr Sauer.»Erzählen Sie doch noch mal, wie Ihnen das Rentier über den Weg rannte«, verlangt Herr Sauer regelmäßig. Er war selbst am Nordkap gewesen und will immer wieder darüber sprechen. Wenn es mir zu viel wird, wechsele ich an den Tisch zu Frau Glanz und Frau Huber. Die reden zwar am liebsten über ihre Kinder, aber dabei kann ich etwas meinen eigenen Gedanken nachhängen und beim Zuhören entspannen.Die liebste Zeit des Tages ist mir der Mittag. Ab halb zwölf beginne ich, auf das Essen zu warten und mich zu freuen. Wie herrlich ist das doch, wenn man nicht mehr kochen muss. Kein Einkauf, nur um das Frühstück und ein wenig Abendbrot muss ich mich selbst kümmern.Mit einem lauten Klopfen an die Zimmertüre macht sich der Zivi bemerkbar.»Herr Kengelbach«, ruft er. »Zimmerservice!«Ich eile an die Tür und reiße sie auf. Selten, dass ein Zivi mal schlecht gelaunt ist. Meistens lachen sie mich an und reichen mir den Behälter mit den guten Sachen. Im Gegenzug nehmen sie die leere Box vom Vortag entgegen.»Mahlzeit und lassen Sie es sich schmecken«, sagt der junge Mann und eilt dabei bereits davon. Selten hat er Zeit, sich ein wenig zu unterhalten. Manchmal gelingt ein Scherz, doch meistens sehe ich nur noch den Rücken. Die ebenso hungrigen Mitbewohner warten auch sehnsüchtig auf ihr Essen.Andächtig trage ich die Box dann in die Küche und mache sie erwartungsvoll auf.Jeden Dienstag bekommen wir den Essensplan für die kommende Woche, den wir ausfüllen und bis Mittwoch im Sekretariat abgeben müssen. Darauf stehen jeweils drei Menüs und ich kann mir aussuchen, was meinen Gaumen am meisten erfreut, und das vermeiden, wogegen ich Abneigung hege. Meine Auswahl vergesse ich schnell wieder, was mich aber nicht stört, denn ich will mich ohnehin überraschen lassen. Die größte Spannung des Tages will ich mir durch nichts verderben lassen.Das musste auch Peter einsehen, wenn er manchmal am Vormittag mit mir unterwegs sein wollte. Ab elf Uhr wurde ich nervös und sah dauernd auf die Uhr.»Wir kommen schon rechtzeitig heim«, beruhigte er mich.Er konnte nicht verstehen, warum mir daran so sehr gelegen war. Aber der

Moment, in dem ich den Deckelbehälter zurückschlage und mir die unterschiedlichsten Düfte entgegenströmen, ist mir heilig. Ich mache einen tiefen Atemzug und das Aroma flutet bis zu meinen Zehen hinunter. Himmlisch. Vorsichtig hole ich die Suppenschüssel aus ihrer Verankerung und trage sie zum Tisch, den ich bereits nach dem Frühstück fein säuberlich für das Mittagessen gedeckt habe.»Komm Herr Jesus, sei mein Gast und segne, was du mir gegeben hast«, bete ich andächtig.Dann hebe ich den Deckel und freue mich über die leckere Suppe, egal was es ist. Nudelsuppe, Rahmsuppe, Fenchelsuppe, Gemüsesuppe, Kürbissuppe, Frittatensuppe, Grießnockerlsuppe, es gibt kein Ende in der köstlichen Reihenfolge. Wenn ich fertig bin, tupfe ich mir den Mund mit der Serviette ab und stelle die Schüssel ins Abwaschbecken. Danach stelle ich den Salat auf den Tisch und hebe den Hauptgang aus der Box. Auch das ist jedes Mal ein ungeheurer Genuss. Hackbraten mit Kartoffelpüree, Fisch mit Petersilienkartoffeln, Lasagne, Schnitzel mit Reis, Hühnerkeulen mit Kroketten. Nicht ein kleines bisschen lasse ich übrig. Ich esse mit einem Appetit, den ich selber kaum an mir kenne. Wenn ich fertig bin, mache ich zuerst den Abwasch, um mich länger auf die Nachspeise freuen zu können. Bevor ich sie aus dem Behälter nehme, setze ich mir Kaffee auf. Wenn dieser in der Tasse dampft, mache ich mich über den Pudding her oder den Obstsalat, die Biskuitroulade oder den Gugelhupf.Mit dem letzten Bissen erfüllt mich eine herrliche Sattheit. Dass ich so ein Glück noch erleben darf! Jeden Tag bin ich unendlich dankbar. Und vor allem dafür, dass es so billig ist, dass ich es mir leisten kann. Ich hatte ja schon einmal Essen auf Rädern bestellt, aber das wurde mir mit der Zeit zu teuer und schließlich konnte ich es nicht mehr bezahlen. Aber dieses Essen hier ist bezahlbar und darüber freue ich mich jeden Tag. Das murmele ich vor mich hin, wenn ich mich auf das Bett lege und in meinen Mittagsschlaf versinke.Nachmittags hocke ich meist vor dem Fernseher. Bei schönem Wetter gehe ich auch in den Garten hinaus. Dort versammeln sich die Kartenspieler und manchmal geht es hoch her, zur Belustigung der anderen Bewohner, die sich dieses Schauspiel nicht entgehen lassen wollen. Ich selbst habe nie gespielt, kenne die Kartenspiele nur aus Erzählungen und vom Zuschauen. Einzig die Streitpatience, welche ich bis zum Umfallen mit Susanne gespielt habe, kenne ich. Aber niemand von den Leuten, die ich hier kennenlerne, kann es spielen. Ich selbst bin nach den langen Jahren mit den Spielregeln nicht mehr vertraut. So bleibe ich beim »Mensch ärgere dich nicht« mit Frau Weber. Von den Ausflügen, welche wir hin und wieder in die Umgebung machen, bin ich begeistert. Sind meine Urlaube an den Wolfgangsee und an den Bodensee doch schon Ewigkeiten her. Jahrelang bin ich nirgendwo mehr hingekommen. Wir besuchten Freiburg, die Heimatstadt meiner Mutter, Karlsruhe, Augsburg oder Stuttgart. Es wurde von Herrn Götze ein Bus organisiert, mitfahren durfte, wer wollte. Eines Tages ging es zur Mainau. Nach über zwanzig Jahren war ich wieder einmal auf der Insel. Ich staunte über all die Neuigkeiten wie das Schmetterlingshaus, erkannte aber auch einiges Alte wieder. Graf Lennart Bernadotte war inzwischen verstorben. Er wurde immerhin 95 Jahre alt. Das hätte Mutter und Susanne überrascht, hätte ich ihnen das noch erzählen können. Bei vielem musste ich an die beiden denken, als ich so durch die Parkanlage schlenderte. Daran, wie ich mir viele Einzelheiten eingeprägt hatte, weil ich sie ihnen beschreiben wollte. Aber bei diesem Ausflug war das nicht mehr notwendig. Abgesehen davon, dass ich mir vieles ohnehin nicht mehr merken kann. Meine Erlebnisse sind nur noch für den Augenblick, nicht mehr für die Ewigkeit. Eines Tages klopfte Herr Götze an meine Türe. »Herr Kengelbach, in drei Wochen veranstalten wir unser alljährliches Sommerfest. Mir ist zu Ohren gekommen, dass Sie gerne dichten. Es wäre schön, wenn Sie ein Gedicht schreiben und beim Fest vortragen würden.«

Ich war überrascht und freute mich zugleich. Sicher hatte Frau

Wolber ihm das zu Ohren getragen. Sie dichtete selbst gerne, so kamen wir darüber ins Gespräch. Ich erzählte ihr, dass ich für manche Hochzeit etwas gedichtet und es auch selbst vorgetragen hatte. So zurückhaltend, wie ich sonst war, wenn ich meine Verse vorlesen durfte, vergaß ich dann alles um mich herum, fühlte mich für einen Moment beachtet und gewürdigt. Der Applaus machte mich stolz und die anerkennenden Worte der Zuhörerinnen freuten mich. So machte ich mich sofort daran, für das Sommerfest etwas zu schreiben. Überall im Haus ging es geschäftig zu. Die einen bastelten an der Dekoration, die anderen durften Kuchen backen. Jeder freute sich, brachte es doch Abwechslung und Kurzweil. Tische und Bänke wurden gebracht und im Garten aufgestellt. Die Bastlerinnen brachten ihre Kunstwerke und zierten die Tische damit. Die Tafel wurde gedeckt, der Grill in Stellung gebracht und ein Kuchenbuffet gerichtet. Während den ganzen Vormittag über gewerkt wurde, feilte ich an meinem Gedicht und schaute immer mal wieder zu dem geschäftigen Treiben hinaus. Das Fest startete um dreizehn Uhr mit Bratwürsten und Salaten. Ich saß mit fünf Leuten am Tisch und wir ließen es uns schmecken.Herr Götze trat auf mich zu, als alle satt und zufrieden auf die weiteren Ereignisse warteten. Er drückte mir ein Mikrofon in die Hand, und alle Augen richteten sich auf mich. Ich begann zu zittern und zu lesen.

Das Sommerfest

Heute steigt das Sommerfest,da kommen alle aus ihrem Nest.
Wer nicht feiern mag, der bleibe schön zu Haus,
ist eben eine Trauermaus.
Hold ist uns heut der Wettergott,
da kleiden wir alle uns ganz flott.
Zu essen ist ganz viel zu haben,
wir können uns an Kaffee, Kuchen, Grillgut und Salaten

köstlich laben.Musik wird dargeboten zum Singen,
lasst fröhlich die Stimmen erklingen.
Wer es kann, kann auch ein Tänzchen wagen,
manche üben schon seit Tagen.Wen ein Kummer plagt
und Sorgen drücken,
geht zum Sommerfest und die Miene wird sich entzücken.Der
Heimleiter strahlt nun über das ganze Gesicht,
hat er doch einen Mann gefunden mit einem schönen Gedicht.
Lasst uns singen, tanzen, jubilieren und uns freuen,denn so ein
schönes Sommerfest wie hier im Olga-Haebler-Haus kann nie-
manden reuen.Und geht es dann langsam zu Ende,
räumen wir auf das Gelände.
Stehen dann müde vor den Betten
Und denken an die Gespräche, die netten.
Wenn man dann am nächsten Morgen ist aufgewacht,
das Herz einem immer noch lacht.
Es bleibt die Erinnerung an das schöne große Sommerfest,
das einen nicht mehr loslässt.

Ich bekam regen Applaus, und Herr Götze bedankte sich mit einem Händedruck bei mir. Dann eröffnete er das Kuchenbüffet und ein paar nette Damen schenkten Kaffee aus. Ein Alleinunterhalter begann, auf seinem Piano zu spielen, und über die Gartenanlage schallten Gelächter, Gesang, Musik und vielerlei Stimmengewirr. Davon erzählte ich Peter bei seinem nächsten Besuch. Er interessiert sich für alles, was bei mir passiert. Wir sahen uns nicht mehr so oft wie im ersten Jahr unseres Kennenlernens, aber unsere Treffen waren dennoch geprägt von gegenseitiger Neugier. Peter wusste auch, dass ich bereits vor unserem Zusammentreffen meine bisherige Lebensgeschichte niedergeschrieben hatte. Er bat mich darum eine Kopie dieser Aufzeichnungen machen zu dürfen.

»Wozu soll das gut sein?«, fragte ich ihn. »Ich habe nicht viel erlebt und niemanden interessiert das. Es kennt mich doch kaum mehr jemand.«

»Tanja und ich kennen dich und wir finden dein Leben spannend. Du musstest einiges durchmachen und hast doch nie aufgegeben. Das fasziniert uns. Das möchten wir festhalten. Die Zeit mit dir ist eine besondere Zeit. Sonst hätten wir uns nicht so tief darauf eingelassen.«

»Ohne euch zwei wäre ich schon längst vergessen und wahrscheinlich begraben«, sagte ich ihm und meinte das auch so. Wer hätte sich um mich gekümmert? Sicher, das Amt irgendwann. Für die wäre ich eine anonyme Person gewesen mit vielen Problemen, denn wie Peter wäre mir keiner zur Seite gestanden. Ich habe ihm sehr viel zu verdanken und deshalb wollte ich ihm diesen Gefallen tun. Und vielleicht würden Tanja und Peter, beim Lesen der Zeilen, die gleiche Freude empfinden, wie ich viele Jahre zuvor beim Verfassen der Seiten.Beim Schreiben kam mir einiges Vergessenes wieder in den Sinn, und ich ließ mein Leben Revue passieren. Meine Schulzeit, den schwierigen Berufsstart und das Zusammenleben mit meiner Familie. Ein einfaches Leben ohne besondere Höhen, aber mit großen Tiefen. Diese Tiefen brachten mich allerdings stets weiter, wie ich im Rückblick erkennen muss. Sei es mein Zusammenbruch in der Bank oder mein finanzieller Ruin. Selbst die Tode meiner Liebsten zeigten mir, dass ich alleine auf mich gestellt zurechtkommen konnte. Eine Weile zumindest. Darüber wollte ich freilich nicht länger nachdenken, denn schmerzlich war es trotz der langen Zeit, die vergangen war, noch immer.Lustigerweise fielen mir viele Menschen und Namen wieder ein. Zum Beispiel der von Mathilde Föhrenbacher. Sie war die Haushälterin meines Großvaters mütterlicherseits. Sie kam zu ihm, als meine Großmutter sechs Wochen nach der Feier der goldenen Hochzeit verstarb. Auf einmal fiel mir beim Niederschreiben eine Besonderheit auf. Die Eltern meines Vaters feierten am 4. Oktober 1950 ihre goldene Hochzeit hier in Baden-Baden. Und die Eltern meiner Mutter zwei Tage später am 6. Oktober 1950 in Freiburg. Nach der Feier in Baden-Baden liehen wir uns am darauffolgenden Tag das Auto von Herrn Kurt und fuhren nach Freiburg. Zunächst gab es einen kleinen Imbiss in ihrer Wohnung, dann ging es in das Hotel Oberhirsch am Marktplatz, gegenüber vom Münster. Beide Feiern waren schön, und ich trug ein Gedicht vor. Alle waren fröhlich, allen ging es gut.Wochen später bekam meine Oma Wasser in den Beinen und sie schlief ständig ein. Im Krankenhaus verstarb sie, und Frau Föhrenbacher kam zu Opa, damit er nicht so alleine war. Als mein Opa zwei Jahre später verstarb, kam sie in das Notburga-Heim. Sie war sehr fromm, trug stets eine Kleiderschürze und hatte immer ein Bonbon darin für mich. Sie litt an einem schweren Nervenleiden, zitterte sehr stark mit den Händen und mit dem Kopf. Deshalb konnte ich sie mir wahrscheinlich auch so gut merken.Mein Großvater väterlicherseits hatte einen jüngeren Bruder. Er hatte den gleichen Namen wie der Bruder meines Vaters, nämlich Wilhelm. Dieser war Pfarrer und hatte meine Eltern getraut. Seine Haushälterin hieß Berta Dollenmeier. Sie hatte Blutzucker und durfte nichts Süßes essen. Sie war über dreißig Jahre bei meinem Großonkel im Dienst. Ihre Kräfte schwanden jedoch immer mehr und mit 67 Jahren verstarb sie und wurde in Meßkirch, woher sie stammte, begraben. Nun kam eine Cäcilie Pfaff zu ihm. Als Großonkel Wilhelm in Ruhestand ging, wurde er nach Kirchhofen versetzt. Dort wohnte er mit Frau Pfaff in einem kleinen Häuschen links von der Kirche. Als auch sie starb, kam er in ein Altersheim, welches von Ordensschwestern geführt wurde.Für Peter waren diese Personen sicherlich nicht relevant, aber ich schrieb es auf. Alles, was mir einfiel und in den Sinn kam. Er konnte sich ja heraussuchen, was ihn interessierte und was nicht. Mein Namensgedächtnis war vollkommen intakt.

Ich erinnerte mich an Orte, in denen Verwandte lebten, und an die Namen ihrer Bediensteten. Wahrscheinlich hatte Mutter oft von ihnen gesprochen. Natürlich hatte ich die Leute bei unseren Besuchen auch selbst gesehen und kennengelernt, aber damals war ich ja noch ein Bub.In schönen Erinnerungen zu kramen machte wesentlich mehr Freude, als seinen Sorgen nachzuhängen und der Trauer über alles Versäumte. Längst vergessene Bilder tauchten auf. Der Brief des Schwiegersohnes meiner Tante Gertrud, der zweiten Frau von Vaters Bruder Wilhelm und der Mutter von Cousine Gudrun. In dem Schreiben bat er mich, für Tante Gertrud Lebensmittel einzukaufen. Sie hatte sehr schlechte Augen und war nicht mehr gut zu Fuß. Also ging ich mit Seppele an der Leine zu ihr. Sie freute sich sehr über meinen Besuch, und ich unterstützte sie ein wenig. Kurz danach bekam ich die Nachricht, dass sie verstorben sei. Immerhin erreichte sie die 92. Ich bekam eine Einladung zur Beerdigung und gemeinsam mit Gudrun, ihrem Mann und den Kindern verfolgte ich die Urnenbeisetzung.Die erste Frau von Onkel Wilhelm hieß Charlotte Arnold und die Ehe wurde geschieden, da sie kinderlos blieb. Sie ging nach Erfurt, geriet in die Ostzone und musste dortbleiben. Einmal kam sie uns unerlaubt besuchen, wurde allerdings erwischt, als sie zurückwollte, musste vier Tage ins Gefängnis und dort Kartoffeln schälen.Gudrun hatte eigentlich noch einen Bruder, Peter, der mit drei Monaten verstarb. Weshalb, weiß ich nicht mehr. Aber dass er Peter hieß, kam mir nun in den Sinn. Mein Cousin und mein bester Freund haben denselben Namen. Was für ein Zufall!

Noch so mancher Mensch tauchte auf, aber ich schrieb nicht alles nieder. Das wäre zu viel gewesen. Nur diejenigen, an die ich mich besonders gut erinnern konnte, bekamen einen Platz in meinen Aufzeichnungen. Ich gab sie Peter beim nächsten Treffen mit, damit er sich einlesen konnte.So vertreibe ich mir die Zeit, und die Tage fließen leise und unmerklich dahin. Ich merke, wie meine

Kräfte, die durch den Umzug ins Olga-Haebler-Haus zugenommen hatten, wieder schwinden. Immer wieder fällt mir etwas schwer, was vorher leicht zu erledigen war. Des Öfteren übermannt mich ein Schwindel, der mich auf das Bett streckt. Auch die Beine lassen sich kaum mehr vom Boden heben. Man erkennt mich schon an meinem schlurfenden Gang, kaum dass ich den Flur betrete. »Herr Kengelbach, ein Spielchen«, erklingt es, und ich bin noch nicht ums Eck gekommen.Ich spüre, dass meine Zeit hier auf Erden sich dem Ende zuneigt. Als Peter und Tanja mich das letzte Mal besucht haben, umarmte ich beide besonders herzlich. Gesagt habe ich nichts, aber ich denke, die beiden wissen, dass jedes Treffen unser letztes sein kann.Ich schließe meinen Weg mit Zufriedenheit ab. Es war ein bescheidenes, ausgeglichenes und anspruchsloses Leben. Meine Spuren werden schnell verwehen und nur wenige Menschen werden sich an mich erinnern. Aber es sind besondere, sehr liebenswerte Menschen, die mich meine letzten Jahre begleitet und mein Kaktusherz zum Blühen gebracht haben.

Tanja und Peter

Ich saß gemütlich am Küchentisch, eine Tasse Kaffee neben und die Tageszeitung vor mir, den Sportteil über den halben Tisch ausgebreitet, als mein Telefon klingelte. Natürlich lag es neben der Kaffeemaschine, und ich musste extra aufstehen, was mich leise fluchen ließ.»Muss denn das Mistding wieder am anderen Ende liegen?«

Als ich den Namen des Anrufers erkannte, wandelte sich mein Ärger aber sofort in Sorge.»Herr Götze, ich hoffe, es ist nichts passiert!«, rief ich in den Hörer.

»Guten Morgen, Herr Keßner«, sagte dieser betont ruhig. »Herr Kengelbach wurde vor einer Stunde in die Klinik Baden-Baden eingeliefert. Er hatte einen Schwächeanfall auf dem Gang. Ich werde das Ergebnis der Untersuchungen in den nächsten Tagen erhalten und Sie darüber informieren.«

Ich atmete tief durch. Tanja kam aus dem Bad und sah mich fragend an.»Ich dachte schon, es ist der Anruf, vor dem ich mich seit einer Weile fürchte«, teilte ich ihr mit, damit sie meine Aufregung verstand. »Aber Rolf hatte nur einen Schwächeanfall. Er ist im Krankenhaus und wird untersucht.«

»Völlig normal in dem Alter«, versuchte Tanja, mich zu beruhigen, was ihr auch gelang. Die Sportseiten interessierten mich nun nicht mehr. Ich schlug die Zeitung zu und trank meinen Kaffee im Stehen aus. Es hatte wohl keinen Sinn, Rolf gleich am ersten Tag zu besuchen. Am nächsten Morgen hatte ich einen vollen Terminkalender, also verschob ich den Besuch auf den dritten Tag.

Da kam mir allerdings ein Anruf von Herrn Götze zuvor.

»Herr Kengelbach ist wieder zu Hause, es konnte nichts festgestellt werden.«

Mir fiel ein Stein vom Herzen! Jedoch folgte ein paar Tage später bereits der nächste Anruf. Rolf musste abermals in die Klinik eingewiesen werden, diesmal nach Rastatt. Am selben Nachmittag klopften Tanja und ich an seine Zimmertür.

Rolf lag blass unter der weißen Decke und lächelte uns zaghaft an. »Schön, dass ihr so schnell kommen konntet«, meinte er erfreut.

»Mach keine Geschichten, Rolf«, begrüßte ich ihn mit einem kleinen Klaps auf die Schulter. »Du kannst uns doch nicht alle drei Tage so einen Schrecken einjagen.«

Er grinste. »Ich mache es ja nicht gerne, aber leider kann ich nichts dagegen tun.«

Wir unterhielten uns eine Weile und versprachen, morgen wiederzukommen, entweder Tanja oder ich. In den nächsten Tagen wechselten wir uns ab, bis mich eine Ärztin um ein Gespräch bat.

»Herr Keßner, ich muss Ihnen leider den Ernst der Lage mitteilen«, fing sie an. »Die Beine von Herrn Kengelbach sind sehr schlecht durchblutet und seine Nieren sind schwer beeinträchtigt. Wir können so weit nicht mehr viel für ihn tun. Ich möchte Ihnen nahelegen, sich eine Betreuungs- und Vorsorgevollmacht unterschreiben zu lassen, denn es könnten einige schwierige Entscheidungen anstehen.« Abermals durchfuhr mich ein Schrecken. Ich wollte keine Entscheidungen für einen anderen Menschen treffen. Nicht so einschneidende, wie sie Rolf nun bevorstanden. Aber es blieb mir nichts anderes übrig, als ihm davon zu berichten. Er sah mich aus geschwächten Augen erwartungsvoll an. Es war ihm klar, dass er mit der Unterschrift auf der Vollmacht sein Leben in meine Hände legte. Aber welche Wahl blieb uns denn? Wenn er nicht mehr entscheiden konnte, entschieden die Ärzte. Ärzte mussten immer die lebensverlängernde Wahl treffen. Ob es im Sinne der Patienten war oder diese im Frieden sterben wollten, spielte keine Rolle. Das mussten dann die Angehörigen für den

Sterbenden entscheiden oder wie in unserem Falle ich als Bevollmächtigter.»Lange leiden möchte ich nicht«, sagte Rolf. »Wenn es zu Ende geht, dann will ich in Ruhe meine Augen schließen und nicht wiederbelebt werden.«Ich war derselben Meinung wie Rolf, und wir besprachen die Details seiner letzten Verfügungen.Tanja hockte oft an seinem Bett und las ihm aus der Zeitung vor. Eines Tages kam sie voller Freude nach Hause und berichtete mir, dass Rolf ihre Hand gedrückt habe. Er, der nie fest zudrückte. Sie empfand es als großes, wertschätzendes Dankeschön.Wir begleiteten Rolf durch seine gleichbleibenden Tage. Die Werte besserten sich nicht, und die Oberärztin erklärte uns, dass sie eventuell seinen Unterschenkel amputieren müssten.»Es ist so weit«, sagte Tanja eines Nachmittages nach ihrem Besuch im Krankenhaus. »Die Ärzte wollen amputieren. Rolf hat mich gefragt, was er tun soll. Er will es von uns wissen. Aber Peter, ich kann unmöglich so eine Entscheidung für ihn fällen. Ich habe ihm das auch gesagt. Das sollte er wirklich selbst entscheiden. Oder wie ist deine Meinung dazu? Du bist ja sein Bevollmächtigter.«

»Ja, aber solange er noch bei Sinnen ist, entscheide auch ich nicht für ihn«, entfuhr es mir bestürzt. Das schrieb ich ihm bei meinem Besuch am nächsten Tag auf die Tafel und hielt sie ihm hin. Wir unterhielten uns nur noch auf diese Weise, anders ging es nicht mehr. Es tat mir sehr leid, dass Rolf in seinen wahrscheinlich letzten Wochen vor so eine schwierige Wahl gestellt wurde.Zwei Tage lang hatten wir keine Zeit, bei ihm vorbeizuschauen. Als wir ihn dann besuchten, fanden wir einen operierten Rolf vor. Er hatte in die Operation eingewilligt, und sie war gut verlaufen. Jedoch bemerkte ich eine Veränderung in seinen Augen. Auch wenn er es nicht aussprach, es war zu lesen:»Schau, was sie mit mir gemacht haben.«

Das ging mir arg zu Herzen. Ich hatte Tränen in den Augenwinkeln, als ich ihn da so hilflos und resigniert liegen sah. Ich streichelte über seine Hände, mehr konnte ich nicht tun. Eine Krankenschwester bat mich schließlich hinaus.»Herr Keßner, ich muss Ihnen mitteilen, dass wir nun nicht mehr für die Versorgung von Herrn Kengelbach zuständig sind. Sie müssen einen Platz in einem Pflegeheim suchen. Bis dahin wird er in der Tagespflege untergebracht.«Ich nickte. »Das wird schon seine Richtigkeit haben«, dachte ich. Kannte ich mich ja nicht aus mit solchen Gepflogenheiten. Bereits vier Tage später wurde er in die Tagespflege überstellt.Bei unserem ersten Besuch bemerkten wir die trüben Augen von Rolf. Da war kein Lebenswille mehr, kein Kampfgeist. Wir versuchten, ihn mit Dingen, welche ihm früher Freude bereitet hatten, aus diesem Zustand herauszuholen. Aber er hatte sichtlich das Interesse am Tagesgeschehen verloren, und so gaben wir unsere Bemühungen rasch wieder auf. Oft saßen wir nur noch eine Stunde an seinem Bett, geredet wurde nicht mehr viel. Bei jedem Abschied nahm uns das Gefühl, es könnte das letzte Mal gewesen sein, den Atem.Nach einiger Zeit änderten sich seine Augen wiederum. Aus ihnen sprach nun eher eine Art Zuversicht auf das, was hinter dem letzten Schritt kommt, ein geduldiges Warten auf das Ende.

Dann wieder ein Anruf. »Herr Kengelbach ist aus dem Bett gestürzt und liegt nun auf der Intensivstation«, wurde mir mitgeteilt. Am nächsten Tag fuhr ich hin. Da lag ein Körper, mit Schläuchen gespickt, und wurde künstlich beatmet. Sein Brustkorb hob und senkte sich regelmäßig mit dem pumpenden Geräusch der Maschine. Ich näherte mich vorsichtig, bekleidet mit voller, steriler Montur, und zog einen Stuhl heran. Behutsam nahm ich seine Hand.»Rolf, lass gut sein, ich glaube, es ist Zeit zu gehen. Wenn du mich hören kannst, lass los und mach den letzten Schritt hier auf Erden«, flüsterte ich mehrmals in dem Bewusstsein, dass er in künstlichem Tiefschlaf lag. Ich war der Ansicht, dass sich in dieser Halbwelt des Sterbens Hindernisse auflösten und Fähigkeiten zutage traten, die man sich nicht vorstellen konnte.mit einem festen Händedruck verabschiedete ich mich schließlich, stand auf, stellte den Stuhl an seinen Platz zurück und verließ das Zimmer. Ich zog den sterilen Überwurf aus, schlüpfte aus den Überschuhen und zog die Netzhaube vom Kopf. Eine Ärztin winkte mich zu sich.»Wie hat sich Herr Kengelbach zu seinem Ableben geäußert?«, fragte sie mich.ich zeigte ihr die Vollmacht und teilte ihr mit, dass keine Wiederbelebung gewünscht würde. Sie versprach mir, Rolf etwas gegen die Beklemmung der künstlichen Beatmung zu geben, aber ansonsten keine lebensverlängernden Maßnahmen zu veranlassen. Ich bedankte mich und verließ das Krankenhaus. Auf der Fahrt nach Hause machte ich in einem Wald Halt, spazierte eine Stunde und sprach Gebete für Rolf.Am 8. April 2018 um drei Uhr 30 rief mich die Nachtschwester an und teilte mir mit, dass Rolf für immer eingeschlafen sei.Tanja und ich nahmen es gefasst auf. Wussten wir doch beide, dass Rolf es nun geschafft hatte. Die Trauer stellte sich erst später ein. Erst einmal hatten wir genug damit zu tun, seine Beerdigung zu organisieren. Dieses Thema hatte ich mit ihm nicht angeschnitten, aus irgendeinem Grund hatte es sich nicht ergeben. Ich hatte mir nie Gedanken darüber gemacht, wer seine letzten Angelegenheiten regeln würde. Nun fiel mir diese Aufgabe automatisch zu, denn es war ja niemand da.Es galt, für Rolf eine Ruhestätte zu finden. Sein früherer Arbeitgeber, die Stadt Baden-Baden, hatte für alle Mitarbeiter eine Gruppensterbegeldversicherung abgeschlossen und die notwendigen Beiträge dafür entrichtet. Das kam uns nun zugute, allerdings fiel der Betrag bescheiden aus. Eine Bestattung auf einem Friedhof kam deshalb nicht in Frage, zudem hatte er während unserer ganzen gemeinsamen Zeit niemals den Wunsch geäußert, einen Friedhof zu besuchen. So suchte ich eine Alternative.

Vor einiger Zeit hatte meine Mutter den Wunsch geäußert, dass sie an einem Baum beerdigt werden möchte. Daraufhin machte ich mich im Internet auf die Suche, welche Möglichkeiten der Baumbestattung angeboten wurden. Schnell wurde ich fündig und fand einen Friedwald in der näheren Umgebung. Mit einer Mitarbeiterin der Friedwald GmbH, Frau Wiener, machte ich einen Termin zur Besichtigung aus. Schon auf der Zufahrt zum Parkplatz ergriff mich die besondere Atmosphäre dieses Ortes. Die Bäume strahlten eine mächtige Energie und gleichzeitig Ruhe aus. Frau Wiener wartete bereits am Weg in den Wald hinein.»Ich grüße Sie herzlich, Herr Keßner«, strahlte sie mich an.»Ich grüße Sie ebenfalls herzlich, Frau Wiener«, gab ich zurück.»Wir gehen jetzt einfach ein wenig durch den Wald spazieren, und ich erkläre Ihnen alles«, sagte sie, und wir liefen los. Rechts und links des Weges standen Eichen, Buchen, Ulmen, Ahorne und vereinzelt Birken. Frau Wiener erklärte mir, dass unter vielen Bäumen Urnen vergraben wären. Wir traten näher an einen Baum heran, und ich las das Schild: »Anton Gruber, geb. 3. Juli 1941, gest. 14. März 2004«. Darunter ein zweites: »Bernadette Gruber, geb. 8. Mai 1943, gest. 25. Aug. 2016«.

Ansonsten war an diesem Platz nichts zu erkennen, was auf ein Grab hindeutete, keine Kerzen, keine Blumen, keine Figuren, einfach nichts außer der Natur. Das gefiel mir.

»Man sucht sich einen Baum aus und reserviert diesen. Es gibt drei verschiedene Baumarten: Partnerbäume, Familienbäume und Gemeinschaftsbäume. Sie sehen es an den Bändern, die am Baum angebracht sind. Rot steht für den Familienbaum. Hier können bis zu zehn Mitglieder derselben Familie beerdigt werden. Blau bezeichnet den Partnerbaum, hier ruhen Paare. Mit Gelb sind die Gemeinschaftsbäume markiert. Diese suchen sich Menschen aus, die alleinstehend sind oder aus sonstigen Gründen keinen eigenen Baum möchten«, erläuterte mir Frau Wiener. »Am Tag der Beerdigung wird von einem Angestellten die Beisetzungsstätte vorbereitet. Am entsprechenden Baum wird ein Loch ausgehoben, in welches später die Urne gesetzt wird«, führte sie weiter aus. »Um eine Feier kann man sich auch selber kümmern, ansonsten unterstützen wir gerne dabei. Manche kommen nur mit den engsten Angehörigen, manche haben eine kleine Singgemeinschaft dabei oder auch eine Trauerfeiergestalterin. Es gibt auch Menschen, die kommen ganz alleine mit dem oder der Verstorbenen. Vor zwei Wochen war eine Frau hier, die ihre Schwester beerdigt hat. Für sie war es sehr tröstlich, diese Stille um sich zu haben und doch die Vögel zwitschern zu hören, den Kuckuck, der ruft. Man spürt, die Erde bleibt nicht stehen, alles ist ein ständiges Kommen und Gehen, Leben und Sterben.«Mit dieser Philosophie konnte ich etwas anfangen. Begeisterung stieg in mir auf. Hier konnte ich es mir gut vorstellen, auch meine letzte Ruhestätte zu haben. Gleichzeitig wissend, dass die Umgebung ein Trost für meine Hinterbliebenen sein würde.»Ich würde gerne einen Familienbaum aussuchen«, sagte ich zu ihr.»Gerne, alle Bäume mit einer roten Kennzeichnung sind Familienbäume. Ich lasse Sie nun alleine und warte beim Parkplatz auf Sie.« Sie drehte sich um und ging zurück.Ich atmete tief durch und ließ mich leiten. Es waren nur wenige Menschen im Wald, welche, in Gebete oder Erinnerungen versunken, vor einzelnen Bäumen standen. Mich zog es etwas abseits in eine Lichtung und plötzlich hatte ich unseren Baum gefunden. Eine stämmige Eiche, die ich gerade noch umarmen konnte, was ich auch tat. Ich sog ihre Energie tief in mich hinein und bekam irgendwie das Gefühl, nach Hause zu kommen. »Nr. 167« stand ganz versteckt auf dem Baum. Ich wanderte langsam zurück und fühlte mich unglaublich glücklich, diesen Platz gefunden zu haben. Frau Wiener notierte sich die Nummer und versprach, mir den Vertrag zuzuschicken.Dies alles kam mir in den Sinn, als ich mit Tanja am Tisch saß, nachdem wir die Todesnachricht bekommen hatten. Sie nahm einen Schluck Kaffee aus ihrer Tasse, stellte sie vor sich ab und meinte: »Das mit dem Friedwald finde ich eine wunderbare Idee für Rolf. Hat er doch die Natur so gemocht.«

»Ich werde Frau Wiener gleich anrufen«, antwortete ich und nahm mein Telefon zur Hand.Ich erreichte nur ihren Anrufbeantworter und ich hinterließ meine Bitte um baldigen Rückruf.

»Ich fände es schön, wenn ein paar Leute zur Beerdigung kommen würden«, meinte Tanja. »Ich werde versuchen, diese Iris ausfindig zu machen, von der Rolf so oft erzählt hat und die ihn auch im Olga-Haebler-Haus besucht hat.«

»Ich weiß über sie nur, dass sie früher einen Blumenladen in Hügelsheim hatte«, sagte ich und fuhr mir über das Kinn. Seit ich das letzte Mal bei Rolf gewesen war, hatte ich mich nicht mehr rasiert. Jetzt juckte es mich im Gesicht und ich fragte mich, was mich von der Rasur abgehalten hatte. Waren es die vielen Gedanken um seinen Zustand? Das Hoffen, dass er nicht zu lange leiden musste, und die Traurigkeit, dass unsere gemeinsame Zeit nun endgültig vorüberging?Das Telefon klingelte. Es war Frau Wiener.

»Hallo Herr Keßner«, begrüßte sie mich. »Was kann ich für Sie tun?«

»Nun, ich brauche einen Gemeinschaftsbaum. Ein lieber Freund ist diese Nacht von uns gegangen, und wir haben beschlossen, ihn auch im Friedwald zu beerdigen.«

»Gut, geben Sie mir eine halbe Stunde, ich schaue den Plan an und gebe Ihnen Bescheid.«

Die halbe Stunde gab ich ihr gerne. Bis dahin telefonierte ich mit dem Beerdigungsinstitut, welches mit der Abholung von Rolfs Leichnam aus dem Krankenhaus beauftragt worden war. Ich gab die Einäscherung in Auftrag und teilte mit, dass ich die Urne selbst abholen würde, da sie in einem Friedwald beigesetzt werden würde. Man sagte mir, dass ich hierzu eine Genehmigung der Stadt Baden-Baden benötigte und die Organisation selbst übernehmen müsste.Kein Problem, wir waren ja schon dabei!

Frau Wiener rief mich abermals an und konnte mir zu meiner größten Freude und Überraschung einen Baum ganz in der

Nähe meines Baumes zuteilen. Nummer 174.»Das läuft ja wie am Schnürchen«, meinte Tanja. »Dann werde ich nachher gleich mal nach Hügelsheim fahren und mich dort nach diesem Blumenladen erkundigen.«

»Und ich rufe die Kinder und Mum an, um ihnen die Todesnachricht mitzuteilen.«Beide Kinder studierten inzwischen und wohnten während der Woche in ihren Wohngemeinschaften.Tanja fuhr los, nachdem sie alle Pläne dieses Tages verworfen hatte. Ich ging in den Garten hinaus, atmete tief durch, um die Anspannung, welche mich überfallen hatte, mit ein paar Dehnungsübungen abzubauen. Die Vögel zwitscherten, ein Rasenmäher brummte, ein Lkw piepte beim Rückwärtsfahren, alles so, als wäre nichts Gravierendes passiert. Und doch hatte eine liebe Seele diese verrückte Welt verlassen. Nun gut, zu jeder Sekunde verlassen Seelen diese Welt, aber die kenne ich nicht. Die bedrücken mich nicht und lösen keine traurigen Gefühle aus.»Mein lieber Rolf, mache es gut auf deiner Reise in die andere Welt«, sagte ich laut und schaute zu dem graublauen Himmel hinauf. Es war weder kalt noch warm. Ich spürte genau diese Wendezeit im Frühling, wenn es noch kühl ist und doch schon sonnig. Die Natur bereitete sich auf das Wachstum vor, überall spross und blühte es bereits. Diese Zeit liebte Rolf. Auf dem Beutig bedeutete sie den Beginn der arbeitsintensivsten Zeit, aber auch der Zeit der Blütenfülle und Üppigkeit. »Hast du dir gut ausgesucht, mein lieber Freund«, nickte ich, dann ging ich hinein und führte die notwendigen Telefonate. Ich wartete gespannt auf Tanja und darauf, was ihre Suche wohl ergeben hatte. Freudestrahlend kam sie schließlich zur Türe herein.

»Peter, stell dir vor, Iris hat den Laden immer noch, ich habe sie dort angetroffen«, berichtete sie mir. »Wir haben uns eine ganze Weile über Rolf unterhalten. Sie hat ihn sehr gerne gemocht, weil er immer nett und freundlich zu ihr war und sie bei allem unterstützt hat in ihrer Lehrzeit auf dem Beutig.«

»Unglaublich!«, freute ich mich mit ihr.

»Sie hat mir noch zwei Telefonnummern von ehemaligen Arbeitskollegen gegeben, die versuche ich ebenfalls zu erreichen«, sagte sie aufgeregt. »Dann kommen doch ein paar Leutchen zusammen.«

Ende April war es dann so weit. Ich holte die Urne im Beerdigungsinstitut ab, stellte sie neben mich auf den Beifahrersitz und fuhr nach Hause. Dort warteten Tanja und unsere gemeinsame Freundin Jutta. Jutta wollte bei Rolfs Abschied unbedingt dabei sein. Sie hatte ihn einmal zum Essen eingeladen und seither war er bei jedem unserer Treffen kurz Thema gewesen. Die beiden Frauen kamen mir entgegen, und Tanja öffnete, wie sie es gewohnt war, die Beifahrertür. »Heute sitzt Rolf hier«, lächelte ich sie an. Erst verdutzt schauend, dann lächelnd, nahm sie mit Jutta hinten Platz. Wir machten uns auf Richtung Friedwald und hielten am Parkplatz. Während der Fahrt sprachen wir kaum. Alle drei hatten wir das Gefühl, Rolf säße mit im Auto. Das verhinderte wahrscheinlich, dass wir über ihn sprachen. Am Eingang warteten bereits Iris und die anderen beiden ehemaligen Arbeitskollegen, die Tanja tatsächlich ausfindig machen konnte. Beide hatten sofort zugesagt, bei der Beisetzung dabei sein zu wollen. »Heike und Bernd«, stellten sie sich kurz vor.Nach fünf Minuten kam die »Beisetzerin«. »Mein Name ist Bärbel Kunnert und ich werde Sie begleiten«, erklärte sie uns.Sie ging voran, und unsere kleine Truppe setzte sich in Bewegung. Ein zusammengewürfeltes Häuflein, durch Rolf verbunden. Frau Kunnert trug die Urne. Es waren sonderbare Empfindungen, die mich dabei überfielen. Einerseits stellte ich mir vor, wie Rolf zu Lebzeiten ausgesehen hatte. Er war nicht gerade der Größte, aber doch eine kraftvolle Gestalt. Und nun war er auf dieses Häufchen zusammengeschrumpft, welches Frau Kunnert auf ihrem Arm trug. Was blieb übrig von einem

Menschenleben? Wie die Bibel schon sagt: »Aus Staub bist du und zu Staub wirst du werden.« Nun erlebte ich das hautnah. Hätte Rolf in einem Sarg gelegen, hätte er ein etwas anderes Gewicht gehabt. Ich konnte nun verstehen, dass manche Menschen die Sargbestattung vorziehen. Da war das mit dem Staub noch nicht so endgültig. Da war man noch jemand. Da war ein Körper, auch wenn die Seele und das Bewusstsein sich schon längst verflüchtigt hatten.diesen Gedanken hing ich nach, als unsere Gruppe beim Baum ankam. Dort war ein kleines Loch vorbereitet, das ungefähr einen halben Meter tief in die Erde gegraben war. Frau Kunnert gab mir die Urne und wies mich an, diese noch etwas zu halten, während sie mit ihrer Zeremonie anfing. Zuerst sang sie ein Lied, welches uns alle sehr bewegte. Anschließend hielt sie eine kurze Rede, segnete die Urne und nacheinander unser kleines Grüppchen. Sie nahm die Urne wieder an sich, ging in die Knie und stellte sie vorsichtig und andächtig in die Erde. Jeder sprach für sich allein ein Gebet, durfte aber auch laut etwas sagen.»Lieber Rolfi, du warst uns ein guter und freundlicher Arbeitskollege, der stets hilfsbereit und lieb zu allen Menschen, Blumen und Tieren war«, sagte Iris. »Dafür bedanken wir uns ganz herzlich bei dir!«

»Lieber Rolf, du warst eine Bereicherung für unsere Familie, die vieles mit dir gemeinsam und für dich gemacht hat. Ich danke dir, dass du uns gezeigt hast, wie viel möglich ist, wenn man zusammenhält«, sagte Tanja.

»Lieber Rolf, du warst mir ein Freund, der mir gezeigt hat, wie wenig es zu einem zufriedenen Leben braucht, aber auch, wie weit man kommt, wenn man ein Ziel vor Augen hat und es mit größter Ausdauer verfolgt. Ich danke dir dafür, dass du mich gelehrt hast, nicht nur mein eigenes Wohlergehen in den Mittelpunkt meiner Handlungen zu stellen, sondern auch auf die Menschen zu achten, die ich nicht kenne«, sagte ich.Nach einer kurzen Zeit der Stille begann Bärbel Kunnert erneut zu singen: »Von guten Mächten wunderbar geborgen.« Das Lied ließ bei uns allen die Tränen kullern und berührte jeden tief im Herzen. Es war ungemein tröstlich zu wissen, dass Rolf nun von diesen guten Mächten treu und still umgeben war.Die Beisetzerin verabschiedete sich und ließ uns alleine.Jeder nahm auf seine eigene Weise Abschied von Rolf. Langsam machten wir uns auf den Weg zurück zum Parkplatz. Iris hakte sich bei mir unter.

»Heike, Bernd und ich wissen, dass Rolf nie viel Geld hatte«, sagte sie.»Wer bezahlt denn für die Beerdigung? Wir würden uns gerne ein wenig daran beteiligen. Ich denke mal, dass Tanja und du dafür aufkommen.«

Ich fand das bemerkenswert mitfühlend von den dreien und freute mich sehr über dieses Angebot, welches ich zum Glück ablehnen konnte.»Rolf hatte eine Sterbeversicherung, und es ist alles abgedeckt. Es stimmt, er hatte finanzielle Schwierigkeiten, aber seinen letzten Weg kann er tatsächlich selbst bezahlen«, erklärte ich.»Aber ich schlage vor, dass wir uns zum Abschluss noch in ein Kaffeehaus setzen, wie er es oft so gerne getan hat.«

»Wunderbar, das machen wir«, strahlte Iris und ließ meinen Arm los.Während wir bei Kaffee und Kuchen saßen, tauschten wir unsere Erinnerungen über Rolf aus. Die drei ehemaligen Arbeitskollegen wussten viel zu erzählen. Jeder hatte seine eigene Sicht auf die damalige Zeit und seine eigenen Geschichten mit Rolf. Es war ein schöner und guter Ausklang dieser Verabschiedung und es füllte unsere Herzen mit Freude, dass wir ein Stück des Weges mit diesem besonderen Mann gehen durften.

Rolfs Erbe bestand aus einem Karton mit Unterlagen, Fotos und etwas Geld. Nach Bezahlung der Beerdigungskosten waren doch tatsächlich 500 Euro übriggeblieben.

»Was soll ich mit dem Geld machen?«, fragte ich Tanja. »Die Gläubiger bedienen, welche Rolf ohne jedes Mitgefühl hängen gelassen haben? Das kommt für mich überhaupt nicht in Frage.«

»Sicher nicht. Mit seinem Tod lösen sich die Schulden auf. Ist ja niemand da, der sie übernimmt«, meinte auch Tanja. »Er hat die Natur und die Tiere geliebt. Spende das Geld doch einem Tierschutzverein oder einer Umweltorganisation.«

Das erschien mir in seinem Sinne zu sein. Rolf hatte kein Testament hinterlassen und war ohne Erben. Bevor ich mich zwischen den beiden Organisationen entscheiden konnte, stolperte ich über eine völlig andere, außergewöhnliche Idee. Michael, ein guter Freund von mir, hatte von einem Projekt in einer Kirche im hessischen Bad Sooden-Allendorf erzählt. Der dortige Pfarrer stellte für die Gemeinde viel auf die Beine. Er predigte nicht nur Nächstenliebe, er lebte sie auch. Und diese Kirche benötigte eine neue Orgel. Der Pfarrer hatte bei der Obrigkeit durchgesetzt, dass ein prächtiges Exemplar aus England geholt werden durfte. Sie stammte ursprünglich aus der Holy Trinity Church in Cambridge. Dort wurde sie abgebaut, alles dokumentiert und die Teile nummeriert. Anschließend transportierte ein Unternehmen die in Einzelteile zerlegte Orgel nach Deutschland. In Hessen angekommen, wurde sie mit viel Liebe von einem jungen Orgelbauerteam restauriert, umgebaut und in Bad Sooden-Allendorf in der evangelischen Kirche St. Crucis wieder aufgebaut.Kirchen sagen mir eigentlich so überhaupt nichts, aber dieses Projekt erweckte mein Interesse.Ich machte mit Tanja einen Ausflug dorthin und wir besuchten den sakralen Bau. Wir waren freudig überrascht vom Klostergarten und dem kleinen Museum, welches mit den Ausgrabungsstücken glänzte, die bei Bauarbeiten um die Kirche herum gefunden worden waren. Auch von dem nicht typischen Innenleben dieser Kirche waren wir angetan. Damit es während des Gottesdienstes im Winter nicht so kalt war, hatte man einen kleinen Bereich mit Glas abgetrennt, dadurch ging die Weite der gesamten Kirche nicht verloren.Während unseres Besuches war der Firmenchef des Restaurierungsteams anwesend und nahm sich kurzerhand Zeit, um uns »sein« Projekt zu erklären. Ich hätte nie gedacht, dass eine Orgel so viele interessante und bemerkenswerte Aspekte zu bieten hat. Der Klang wird durch Eintonpfeifen erzeugt, die durch einen Luftstrom angeblasen werden. Die drei Hauptteile sind das Pfeifenwerk, das Windwerk und das Regierwerk. Der Organist tritt auf das Pedal und befördert die Luft zu den Pfeifen, während er auf der Tastatur spielt. Dabei spielt die Größe der Orgel eine Rolle. Je größer sie ist, desto mehr Register gibt es zu spielen. Der Orgelbauer hat die schwierige Aufgabe, das Instrument akustisch und optisch bestmöglich aufzustellen, was jedoch oftmals durch die baulichen Gegebenheiten der Kirchen eine Herausforderung darstellt. Im Laufe der Jahrhunderte änderte sich der Standort für eine Orgel mehrmals, bis die heute übliche Orgelempore eingeführt wurde. Im Pfeifenwerk befinden sich Orgelpfeifen gleicher Bauart und Klangfarbe. Diese werden zu einem Register zusammengefasst und dieses kann vom Spieltisch aus mit Knäufen, die man herausziehen und wieder hineinschieben muss, an- und abgeschaltet werden.Tanja und ich lauschten gebannt den Erklärungen. Die Finanzierung dieses Orgelumzuges war daran gebunden, dass die Kirchengemeinde einen Teil der Kosten selbst erwirtschaften musste. Der Pfarrer hatte den Einfall, Patenschaften für die verschiedenen Orgelpfeifen zu vergeben. Mit 20 Euro bis 1000 Euro konnte man sich beteiligen.Diese Idee begeisterte mich. Rolf, der Zeit seines Lebens hörbeeinträchtigt war, sollte mit seinem letzten Geld dafür Sorge tragen, dass sich viele Menschen am Klang dieser wunderschönen Orgel erfreuen konnten. Tanja fand das stimmig, da er Musik sehr geliebt hatte. Ich verdoppelte die Summe und so übernahmen Rolf und ich gemeinsam die Patenschaft für die größte der Orgelpfeifen.

»Die größte Pfeife für die größten Pfeifen, kann man da nur sagen«, lachte Tanja und freute sich mit mir, dass wir so ein wunderschönes Andenken an Rolf gefunden hatten. Eine Pfeife für die

Orgel »Queen an der Werra«, wie sie liebevoll genannt wird.Die Patenschaftsurkunde erreichte mich am 2. Juni 2018, genau am 79. Geburtstag von Rolf, den er leider nicht mehr feiern konnte.

Rolf war, ist und bleibt ein Teil meiner Geschichte, so wie ich ein Teil seiner Geschichte wurde.Manchmal besuche ich seinen Baum. Dann erzähle ich ihm, was in den vergangenen Wochen alles los war. Ich genieße die Ruhe in diesem Wald und die friedliche Atmosphäre, das Vogelgezwitscher und das Rauschen in den Bäumen. Bei diesen Besuchen treffe ich häufig auf einen Rehbock. Es ist für mich jedes Mal wie ein persönlicher Gruß von Rolf, und ich bin zutiefst berührt, wenn er zart an einigen Grashalmen zupft und dann mit einem eleganten Sprung wieder im Dickicht verschwindet.Wenn man zulässt, dass es Dinge gibt, die unsere Sinne und unser Verstand nicht greifen können, dann geschieht Befreiung.

Nachwort

Im Herbst 2011 lerne ich Rolf Kengelbach kennen. Er ist zu diesem Zeitpunkt 70 Jahre alt, hoffnungslos überschuldet, verzweifelt und kämpft einen einsamen und schier aussichtslosen Kampf. Allerdings ist er hierüber nicht verbittert, weist niemandem oder irgendetwas dafür eine Schuld zu, sondern versucht, in seiner einfachen und aufrechten Art mit dieser nahezu ausweglosen Situation zurechtzukommen. Ich, Peter Keßner, habe im Herbst 2011 aus einem drei Jahre zurückliegenden Unternehmensverkauf ausreichend Liquidität, welche ich in Immobilien zu investieren plane. Ich bin zu diesem Zeitpunkt 46 Jahre alt, finanziell abgesichert, gesellschaftlich integriert und sorgenfrei. Jedoch fehlte etwas. Wie heißt es so schön in dem Gedicht, das Rolf für mich geschrieben hat:

Doch darf man nie vergessen,
dass man auch eine Heimat hat,
die einem gibt
Kraft, Zuversicht, Ruhe und Geborgenheit
und uns von allen Stürmen des Lebens befreit.

Durch meinen Kauf der Wohnung, in welcher Rolf Kengelbach als Mieter wohnt, treffen zwei Leben aufeinander, wie sie unterschiedlicher bis dahin nicht hätten verlaufen können. Es folgt ein sehr intensives gemeinsames Jahr, geprägt von Freud, Leid, Hoffnung und Enttäuschung, Aufgeben und doch weitermachen, Verständnis, Unverständnis, Verstehen, Akzeptieren, Lernen und am Ende sehr viel Dankbarkeit. Ende 2012 schreibe ich meine Erfahrungen und Erlebnisse mit Rolf nieder. Rolf hatte bereits vor unserem Aufeinandertreffen sein »Leben« aufgeschrieben. Es dauert weitere zehn Jahre und somit vier Jahre nach Rolfs Tod, bis diese beiden Aufzeichnungen, eine Handvoll Bilder und Dokumente sowie viele Erinnerungen den Weg zu Adelheid Dünser finden. Familie Dünser und wir lernen uns im Frühjahr 2020 in Italien in Kalabrien kennen. Tanja und Adelheid werden schnell gute Freundinnen und Adelheid schenkt ihr einen ihrer bereits veröffentlichten Romane. Auch ich lese einige ihrer Bücher und fasse bei einem weiteren Treffen in Italien den spontanen Entschluss, sie zu fragen, ob sie nicht Lust hätte, als Autorin für mich aktiv zu werden. Sie nimmt die Herausforderung an, da sie die Biografie von Rolf und die Schilderungen der gemeinsamen Zeit von Rolf und uns, innerlich berühren.

Das Ergebnis ist nun dieses Buch. Wenn es diesem gelingt, nur einen einzigen »Peter Keßner« dazu zu bewegen, sich einem der unzähligen »Herrn Kengelbachs« anzunehmen, dann ist diesen beiden Menschen sehr geholfen und das Buch hat seinen Zweck mehr als erfüllt.

Die Autorin

Adelheid Dünser wurde 1969 in Vöcklabruck geboren und lebt seit vielen Jahren in Hohenems, Vorarlberg. Sie arbeitet im Sozialbereich, ist verheiratet und hat zwei Söhne. Von ihr sind bisher vier Bücher erschienen: Lorda, Elfentraum, Im Schatten der Schwestern, Mein Herz bleibt in Kanada

Kalabrien 2022:
Adelheid und Peter versenden
das Manuskript